〔中學生〕晨讀10分鐘

思辨世代我啟動

蔡淇華 選編

目錄
contents

Chapter 1 自我的思辨

Chapter 2 人際的思辨

Chapter 3 社會的思辨

Chapter 4 未來的思辨

一選編人的話一

你不僅是思考的蘆葦——致思辨世代

你有聽過「戰南北」嗎?比如說:「南部辦流水席,很 Low 耶!」、「南部人都騎豬上班」、「北部人根本不懂吃」、「他們天龍國的,用南部人的肺發電,懂什麼?」

事實上,世界各國都有因為居住地區差異,產生長久偏見的例子。例如筆者曾造訪英格蘭、蘇格蘭及威爾斯三地,聽到他們互相嘲笑對方的英文不標準;義大利的北方人認為南方人好吃懶做,而南方人則認為北方人冷漠勢利;北越人認為南越人小心眼,南越人認為北越人說話不算話。

人們總是不做思辨,不自覺接受這些「刻板印象」。這樣的思考模式,曾引發臺灣早期的異姓械鬥,甚至導致酣戰兩百年的八次十字軍東征,或是二戰時期,納粹對近六百萬名猶太人的大屠殺。

我們在研讀歷史時，都以為那些生靈塗炭的悲劇是過去式，但看見二十一世紀的以巴衝突，以及烏俄戰爭，才知道那些意識型態點燃的炮火，是現在式。甚至當二〇二一年五月英國的《經濟學人》雜誌以臺灣為封面，稱臺灣是「世界上最危險的地方」時，我們更應有所認知，我們需要更強大的思辨能力去因應未來的挑戰，因為島嶼的戰火燎原，可能是未來式。

生於二十一世紀初的學生，應該是歷史上最需要學會思辨的一代。因為除了面對戰爭，還要面對全球暖化、能源危機、少子化、人口高齡化……等等巨大挑戰。也因此，「青銀要如何共居？」、「AI幸福機器是否應該存在？」、「自己的社區是否可設立基地臺？」等等需要思辨的議題，都成了臺灣升學作文的考題。

然而，「思辨」並非「我思故我在」那麼簡單，正確的思辨需要先釐清自己思考的過程，也就是要「思考自己為何如此想」，才能避開思考的盲點，以及偏見的誤區。美國哲學家史瓦茲（Robert Swartz）與教育學家波金斯（David Perkins）稱這樣的認知為「後設認知」（Metacognition）。

要擁有後設認知，需要練習，更需要引導心智歷程的思辨工具。

德國哲學家黑格爾（G. W. F. Hegel）認為只要以「正反合」辯證法進行思辨，人類就能普遍了解絕對的真理。黑格爾認為凡事皆有正反論點，思辨時先不要否定反方立場，而是要先相互了解，截長補短，加以統「合」，就能夠創造更高層次的認知。

例如，當你聽到「千萬不要在社團花太多時間，那一定會影響到課業」，這樣的說法時，先不要否定對方的論點，可以先閱讀本書范家銘老師的〈別參加妨礙學業的社團？分數之外，挫折帶來的成長〉一文，找出文中提出的支持論點，包括：學會與別人相處、更認識自己、更能欣賞他人、有機會探索這個世界……等。最後正反方再一起討論解決反方疑義的方法，例如「要求參加社團學生做好時間管理」，如此就可以統合出一個「兩害相權取其輕，兩利相權取其重」的整合解方。

另一位著名英國哲學家法蘭西斯・培根（Francis Bacon），也提出一個很有邏輯的思辨法，他認為只要避開追求知識的四大障礙，便能歸納出更接近真理的認知。

培根將這四大障礙稱為四種偶像：

一、種族偶像（Idols of the tribe）：

像「戰南北」就是許多人盲目接受家族傳統，「繼承」下來的偏見。

二、洞穴偶像（Idols of the cave）：

就像希臘哲學家柏拉圖在《理想國》第七冊中提到的洞穴寓言：一群從小生活在洞穴的囚徒，他們因手腳被束縛住不能轉頭，便認為眼前牆壁上的光影投射是絕對的真實。許多人在洞穴裡「以管窺天」，用個人的經驗以偏概全，陷入絕對的主觀。

三、市場偶像（Idols of the market-place）：

同溫層裡人云亦云，讓人們活在自己相信、媒體（或市場）立場偏頗的傳播裡。

四、劇場偶像（Idols of the theatre）：

我們相信的政治人物、名嘴與網紅，若失去道德勇氣，可能只是在演一場假戲，他們臺詞的終極目的，是牟取私利。一味崇拜、相信他們，可能使我們活在自己的小劇場裡，與真實的世界相差甚遠。

在3C產品發展速度越來越快，社群媒體眾聲喧譁的年代，我們消化資訊與醞釀觀點的時間越來越短，常常在面對一則新聞或資訊，便「不加思索」加以判斷，甚至隨著眾人起舞，用鍵盤對無辜者群起攻之。如果我們善用前述的思辨策略，當讀到普羅塔格拉斯（Protagoras）的名言：「人為萬物的尺度」時，我們就不會馬上產生情緒去完全贊成或反對，我們會「執起兩端」正反辯證，因而更認定人類存在的價值；或是反思這句格言，進而思考人類破壞大自然的自大。

要去除個人成見與族群偏見，一定要學會思辨。因此二〇二三年《晨讀10分鐘》決定以此為主題，依「自我的思辨」、「人際的思辨」、「社會的思辨」、「未來的思辨」四大主軸，精選出二十篇文章，供讀者練習思辨，走入認知的本源。

雖然法國哲學家巴斯卡（Blaise Pascal）說：「人只是會思考的蘆葦。」但當我們的思考進化為思辨後，我們可以慢慢找到迎向世紀挑戰的解方，最後長成時代的巨木，為自己扎根的土地，撐起一片藍天！

—推薦文—

操控理解的時代，啟動思辨的世代

■品學堂創辦人、《閱讀理解》學習誌總編輯　黃國珍

二〇一九年九月二十日，各大媒體教育版報導了一則新聞，指出國立臺灣師範大學推動課程改革，計劃將大一國文課改為「思辨課」，引進深度討論教學法，並且著重在學生的閱讀力、思辨力以及表達力。這項改革將於最快的一〇九學年度大一新生適用，這表示大一國文課不再是高中四年級的國文課程。

作為全國教育人才養成及教學理念實踐的指標大學，國立臺灣師範大學的課程改革項目眾多，為什麼會選擇「思辨」呢？

人類作為一個物種，其行為源於理性與非理性兩方面。理性是人類認知的基礎，是科學、哲學以及其他領域的重要工具。然而，不理性的思考方式雖然有其弊

病，但也同時具有其重要性，這種思考方式可能有助於我們跳脫限制，探索新的想法和概念，並獲得新的洞見。理性和不理性的思考方式都是思考的一部分，它們相互補充又挑戰的關係，呈現思索與辨證的動態過程，成為一種內在對話的狀態，而「思辨」就在其中發生。

它是理性與感性的消長，相信與質疑的攻防，證據與現象的比對，事實與謊言的拔河，經驗與知識的疊印，個人與大眾的度量，主觀與客觀的參照，本我與超我的共識，意識與後設的統合。思辨能力是人類有別於其他物種，高度應用與控制心智的表現。促進對問題的深入思考，更重要是發現自己的盲點和偏見的覺察，創造改變與學習的機會。

因此，「思辨」成為課程改革的項目，標示出學生學習內容與表現指標的遷移，從教學者自身能力提升做起，培養出素養導向的教學所期待，具備獨立自主思考能力的新世代，以因應不斷變化的社會需求。幫助學生建立批判性思維和問題解決能力，更能讓他們在日常生活和工作中具備全面性的思考能力。

人的心智條件雖然具備思辨的能力，但往往需要後天培養，才有機會將其精熟內化成為素養。這樣的目標不是記憶知識架構，或是步驟流程就能達成。最有效的方式是從實例中提取經驗，在討論中獲得指引與啟發。而這歷程，正是《晨讀10分鐘：思辨世代我啟動》選編者，蔡淇華老師編輯的用心與可貴之處。

蔡淇華老師過往十本著作從社會脈動、教育倡議、寫作能力、素養養成……不僅探討的面向廣泛，讀者回饋更是佳評如潮。這次他將心力聚焦到這世代教育最該重視的思辨能力。以同心圓的架構，透過二十篇不同作者的文章，開展從自我到未來的思辨歷程，並在每個主題後面加上他歸納的重點與觀念的引導。每次讀淇華老師的書，都有種同時讀數十本書的感覺，這次也不例外。因為淇華老師總是在書中引入其他作者相關重要著作的內容，大大豐富閱讀與思考的廣度與深度，這本書也是。

現今閱讀的真實情境複雜多樣，議題觀點多元分歧，訊息內容真偽難分。這是一個可以操控理解的時代，也因此是需要啟動思辨的世代！而這本書足以開啟新世代的思辨大門。

—推薦文—

養成思辨力，打造新世代可靠的知識過濾系統

■高雄市陽明國中歷史教師及作家　吳宜蓉

你身邊有這種人嗎？把關鍵字輸入 Google 後產生的第一個搜尋結果，視為正確答案？將 ChatGPT 生成答案一字不漏直接複製貼上，拿去繳交作業？把社群平臺按讚數破千破萬的流量網紅，當成偶像崇拜？在訊息爆炸的數位時代，如果我們總是不假思索的全然接受來到身邊的訊息，收到任何一個連結就按了下去、任何一個邀請都欣然答應，結果通常只會讓你立刻成為詐騙集團的收益、邪教組織的小弟！

處在真真假假的資訊氾濫中，我們要認清這已經是一個不缺事實，而是缺乏辨別何謂事實、何謂觀點的時代。知識不再稀缺，稀缺的是如何停下來思考判斷？老師

再也不需要在課堂上無止境的補充。今天我只要搜尋「大航海時代」，Google 僅需花零點三五秒，便能立刻給出一千五百四十萬條結果。如果我的學生有好奇，他隨時可以快速獲得一生都閱讀不完的資料。然而，重要的是孩子的知識過濾系統是否成熟健全？我會擔心，他能否判斷哪些資料是可用的、可信的？我會期待，他能否掌握哪些訊息值得再進一步探索？

思辨的培養，便是幫助年輕世代的大腦安裝一個穩固堅實的知識過濾系統。

每一次當我們接收到訊息時，可靠的系統便會在大腦裡面展開以下程序：

作者、講者是誰？他是否是該領域的專家？

他的內容發表在哪裡？是學術文章嗎？還是社群媒體？

他是什麼時候說的？他所提供的相關資訊是否有更新？

他發表這份資訊的原因是什麼？他的動機可能是什麼？

他總共說了哪些？他的論點是否清晰、具備因果邏輯？

他的論點是否有證據支持？是基於個人意見、猜測還是情感呼籲？

諾貝爾物理學獎得主理察．費曼（Richard Feynman）認為科學家的普遍責任是始終沉浸在「無知、質疑和不確定」之中。我認為這便是思辨養成最重要的基礎！因為無知，所以這一生始終走在樂於求知的路上；保持質疑，永遠對當前的信念與假設嘗試挑戰，才能有進步空間。懷抱不確定，對於不同的觀點與資訊持有彈性與開放，方能讓心胸更開闊。

本書的選編人蔡淇華老師，本身的生命歷程便是一場跨領域的思辨之旅，他提供不同面向的多元文本，不僅有助於跨領域的思維養成，每篇文本還附有設計精湛的延伸思辨題。問題具有一定的引導力，可以循序漸進的引導孩子從文本連結到自身的生命經驗，問題更具有一定的挑戰性，能夠促發孩子進一步的好奇思索與探究。更保有問題的創新性，藉此激發孩子的想像與創造力。

從誤導到引導，從偏見到灼見。思考的品質，決定生命的本質；思考的品味，決定生活的品味；長出思辨的能力，將決定未來世界個人生存的競爭力。就讓我們從《晨讀10分鐘：思辨世代我啟動》開始在教室裡打造不一樣的下一代。

Chapter 1

自我的思辨

我動，故我在

你擁有「自我」嗎？「自我」又是什麼？

你知道嗎？社群媒體發達的此時，也是人類最容易失去自我的年代。

二〇二三年《科學人雜誌》於〈在社群媒體中失去自我感〉一文中，刊登美國華盛頓大學研究員鮑根（Amanda Baughan）的研究，她發現社群媒體會誘發心理學所謂的「解離」，也就是一種「自我反思變少」的現象。

如同哈佛大學教授陶德．羅斯（Todd Rose）在《集體錯覺：真相，不一定跟多數人站在同一邊！》一書中提到的，在網路時代，我們很容易產生「從眾心態」，我們害怕與他人不同，期望與旁人保持一致，寧可放棄思考。

陶德・羅斯認為人類只要擁有獨立的批判思維，便能做出最正確的人生抉擇。然而，大部分人類擁有獨立的批判思維，只在近代發生。過去人類依賴巫師、神權、王權，讓僵化思維代替我們思考。十七世紀開始於歐洲的啟蒙運動，鼓吹以理性、推理、驗證的科學思辨，試圖解放人類不成熟的意識。

然而，當工業革命、資本主義幫助人類漸漸相信自己的能力後，二十一世紀全球化帶來的中產階級萎縮、在職貧窮，讓新世代的年輕人很容易失去思考的勇氣。一旦放棄思考，輕易接受「我就是爛」、「躺平」等流行語，我們就失去了自我，甚至影響日後的行動力。

因此在本書的第一章節，我們想帶領讀者去思考「為何我會這樣想」、思辨「社團影響學業」的價值觀；還企圖在東京奧運金牌選手郭婞淳、與mRNA疫苗之母卡里科的故事中，介紹「尚未成功≠失敗」的「成長型思維」，鼓勵新生代相信「開始就是一種抵達」的道理。

青春期是尋找意義的時期，但如同存在主義哲學家的主張：「生命本來沒有意義，生命的意義需要我們去創造。」

存在主義的代表人物，同時也是心理治療權威的歐文・亞隆（Irvin Yalom）教授，提出生命中有四大終極議題：無可避免的死亡、孤獨、無意義、自由與責任。他認為我們都有選擇的自由，但正因有這樣的自由，我們也必須為自己的選擇和生活負責任，用思辨與行動，去認清恐懼和空虛的來源，並找到自己生存的意義。

蘇格拉底說：「未曾思考，不算人生。」而思考決定人的所有行動。

願本章五篇文章，可以陪伴讀者學會思考、找到自我，開始思考後的行動，找到扭轉命運的動能。

開始，就會抵達

文——蔡淇華

「養成『立即行動』的習慣，你的人生將變得更有意義。」——比爾．蓋茲（微軟創辦人）

「老師，我決定選擇年薪臺幣四百萬的三星全球VP（副總）培訓職缺。」學生Ling（化名）在研究所畢業後，履歷一上傳LinkedIn，就得到許多面試機會，最後獲得麥肯錫、Google、亞馬遜以及三星等四家公司錄取。

反觀高中時與Ling一樣優秀的孟芳（化名），近日與其聯絡，卻不斷抱怨：「前途茫茫，薪資好低，機會好少。」

孟芳和 Ling 高中時都是模聯社（注）的學生，畢業後，孟芳甚至申請上比 Ling 排名更前段的大學，但為何畢業後的發展南轅北轍呢？

分析兩人畢業後的學習歷程，可以發現其關鍵在於「行動力」。

Ling 就讀大學時，常到學校的國際教育組尋找有用的資訊。一次看到「保德信基金會世界公民計畫」，便馬上申請，最後得到美國喬治城大學交換一年的獎學金補助。也因為習慣「即知即行」，Ling 之後又得到法國交換半年，以及巴西的實習機會。國際企業就是從這些歷程中，看到 Ling 積極的行動力。

孟芳其實也有出國交換以及國內外實習的夢想，但總因為拖延的毛病，錯過了報名期限。事實上，「拖延」已經成為現代人的通病。根據二〇二三年一月發表於網路期刊《JAMA Network Open》的研究，研究者追蹤瑞典八所大學，共三千五百二十五名大學生後，發現拖延不僅會導致學業成績下滑，而且健康也會受到影響。瑞典索菲亞赫美大學（Sophiahemmet University）的首席研究員弗雷德·約翰遜（Fred Johansson）表示，這可能與大學生通常擁有太多「自由」有關。

就像我自己十年前就計劃要清理爆滿的書架，但因為時間太自由，沒有截止期限的壓力，一拖再拖，永遠動不了手。

然而，所有的拖延，只要一個契機，一個開始，就可能看到終點。

去年底的一個晚上，想將十本新書上架，但發現書櫃已無餘裕，於是想著「順手」拿掉幾本舊書，清出需要的空間即可。想不到火車不啟動則已，一上軌道，就開始翻山越嶺。四十分鐘後，我竟然清掉了二百本舊書，完成了這十年來的未竟之業。

看著清爽的書櫃，我不禁忖想，我總是輸給時間，而這次，為何意外完成？

日前讀完日本醫師築山節的著作後，才知道這是「勞動興奮」的作用。

「勞動興奮」是由德國精神科醫師艾米・克雷普林（Emil Wilhelm Georg Magnus Kraepelin）提出。這個理論其實很簡單，就像我們昏昏欲睡時，只要出去小跑步，就

注：模聯社全名為模擬聯合國社團，英文全名為Model United Nations，是一個由哈佛大學學生首創的活動，讓學生可以有一個環境「模擬」聯合國的會議與決策過程。

會慢慢清醒過來，大腦還會釋放血清素、腦內啡、多巴胺等讓我們快樂的化學物質。

然而，若能應用這個簡單的原理，便能改變我們一生的命運。

例如我自己四十四歲時，已經整整停筆二十年。那二十年間，歲月掉落許多吉光片羽，但總是臨事而懼，未能撿拾黏貼成文字的翔翅。直到一日，發現樓梯口一灘杯飲殘漬，已三週無人清洗，我回到辦公室，孟浪未平。雖然再十分鐘就要上課，但我告訴自己，今天至少要打出兩行字，告訴外掃區的同學，他們錯了。五分鐘後，竟然打了三行，完成了第一段。那瞬間才驚覺，停筆多年後，自己竟然又開始寫作了，年輕時的寫作夢似乎可以重啟！那一刻，頭上彷彿有許多天使飛舞，因為我知道，待會兒上完課，一定有能力完成這篇文——二十年來的第一篇文。想不到這篇文章發表後，竟得到上萬次分享，也成了第一本書的第一篇文章。

從那天起，每當我害怕動筆時，總會告訴我自己，先開個頭，堅持前五分鐘就好。就這樣，堅持到現在，文章被選入小學與高中的國文課本，最近十年，竟也完成了十本書。

你生活中是否也曾遇過過類似的情況？就像TED講師提姆・厄本（Tim Urban）的形容：在拖延者的腦內，都有個醉生夢死的短視猴，每當我們想要做些正事，短視猴就跳出來大肆搗亂——「看一下維基百科吧，了解斯洛伐克的歷史總有一天會派上用場的。」、「已經過五分鐘了，不知道Instagram上有沒有人PO了新的限時動態？」、「今天已經晚了，明天再做吧，明天也做得完啦！」……就這樣，到了睡前，才懊悔不已，發覺該熬夜面對現實了。

俄羅斯文豪高爾基說：「沒有任何東西比人的行動更重要了。」下次想偷懶時，記得告訴自己，只要堅持五分鐘就好，然後你會越做越興奮，也會越來越不怕挑戰。

真的，開始，就會抵達；堅持五分鐘，就能成就一生。

淇華老師的思辨訓練營

一起用時間，為能力占地盤！

建立世界第一家管理諮詢公司——麥肯錫諮詢公司的麥肯錫（James O. McKinsey）曾說：「時間是世界上一切成就的土壤。時間給空想者痛苦，給創造者幸福。」因為人類就像牛頓第一運動定律——「靜者恆靜，動者恆動」。空想者陷入拖延的惡性循環，每天未完成的待辦事項，帶給他無止盡的痛苦。然而創造者已經習慣勞動，知道只要動起來後，終點線便會清晰出現在前方，也因此累積的成就，帶給他一生的幸福。

時間，你不開拓它，它就悄悄長出青苔，爬上你生命的庭院，把你一生掩埋。

若不想被時間掩埋，一定要學會關於時間的思辨。例如，為何法國思想家伏爾泰

（Voltaire）會說：「最長的莫過於時間，因為它永遠無窮盡，最短的也莫過於時間，因為我們所有的計畫都來不及完成。」最長的是時間，最短的也是時間，這不矛盾嗎？其實矛盾的，是不懂得思辨時間價值的人類。

彭明輝教授說：「生命是長期而持續的累積。」拖延者累積出一生的懊悔；行動者累積出經天緯地的非凡。愛爾蘭劇作家王爾德（Oscar Wills Wilde）曾發出慨嘆：「如果你浪費了自己的年齡，那是挺可悲的。因為你的青春只能持續一點兒時間——很短的一點兒時間。」

延伸思辨練習

青春真的只是一眨眼，所以讀完這篇文後，想請讀者以「行動力」、「即知即行」、「勞動興奮」等作為關鍵字，進行以下三個延伸思辨題：

1. 你有拖延的習慣嗎？拖延最後帶給你的是快樂，還是痛苦？
2. 如果拖延帶給你的是痛苦，你曾經想改變這個壞習慣嗎？
3. 你認同「開始，就會抵達；堅持五分鐘，就能成就一生。」這句話嗎？你是否曾經歷過「勞動興奮」，因而完成一項成就？如果有，你願意繼續複製這樣的成功經驗嗎？

從「你怎麼想？」到「為什麼你會這麼想？」

文——吳媛媛

瑞典學校從幼稚園開始就不斷鼓勵孩子們說出自己的想法，強調每個人的意見都很重要，都值得傾聽。今年，我先生的學校很榮幸邀請到獲得師鐸獎的優秀臺灣教育工作者進行交流。在觀課活動中，瑞典老師準備了很多問題讓瑞典學生和臺灣老師們一起討論。這些題目包括：「你覺得民主對你的意義是什麼？」、「你覺得瑞典的教育制度有什麼特別的地方？」

我先生的學校是一所很平凡的高中，學生課業表現平平，正值青春期的孩子們個個看上去吊兒郎當的，我原本有點擔心如此廣泛的題目會讓他們不知道怎麼回答。但是當天，每個學生面對來自世界另一端的陌生老師們，都穩當的抒發己見，侃侃而談，並且耐心聆聽對方的想法，讓我對瑞典從小扎根的「溝通素養」刮目相看。

然而到了高中階段，除了讓孩子們盡情抒發「我怎麼想」之外，老師們又多了一個任務，那就是引導孩子們去思考「為什麼我會這麼想？」

民主的弱點

雖然民主價值在瑞典社會被視為理所當然，但是瑞典學校盡量避免單方面的告訴孩子「民主是最好的」，而是試圖呈現各種制度的得失，讓孩子自己思考。在瑞典高一社會、歷史科的課堂上，都對民主的各種弱點有許多討論。高一社會科的「權力和政治」章節中，介紹了不同政體權力的來源和運作模式。在關於民主的部分，則列出了民主的弱點：

一、決策費時費力，而且妥協是常態：民主政體的基礎在於每個人都有一定程度的影響力，雖然大前提是多數決定，但也不能完全犧牲少數人的自由和需求，因此做重大決策前必須對議題有長足全面的理解。這不但導致民主程序費時費力，也常常要做出妥協。在投票的時候，人人都覺得影響力就在手中，但是決策程序卻是如此緩慢而遙遠，而且結果很難讓所有人滿意。

二、受左右的民意：在民主社會，所有人和組織都有藉著宣傳倡議影響民意的自由，但是有兩種宣傳特別能影響民意：1. 投注巨大資源的宣傳；2. 以博得支持為唯一目標，內容不夠嚴謹的宣傳。第一種宣傳讓資源較少的團體失去話語權，第二種則讓民眾基於錯誤的訊息做出抉擇。

而其中第二點，在現代的媒體亂象中最讓人感到力不從心。針對這一點，社會和歷史老師常以瑞典史上舉辦過的全民公投為教材，和學生討論宣傳戰的眉眉角角，和民主的得與失。

瑞典憲法規定瑞典的公投結果僅具有「參考功能」。瑞典歷史上曾經舉辦過六次全民公投，其中只有四次公投真正影響實際政策（詳如下表）。既然公投沒有法律效力，那為什麼要花那麼多資源舉辦公投呢？

年分	議題	總投票率	選擇一	選擇二	選擇三	結果	政府是否採取公投結果
1922 年	禁酒	55.1%	49.1% 支持	50.9% 反對		否決	是（但瑞典政府禁止私營販賣酒精。）
1955 年	改變駕駛方向	53.0%	15.5% 支持	82.9% 反對		否決	否
1957 年	退休金	72.4%	45.8%	15.0%	35.3%	選擇一：以國家稅收全面資助國民退休金。	是（不過公投結果受爭議，因為選擇二和三加起來票數超過選擇一。同時，很多人表示選項描述太複雜，難以正確理解。）
1980 年	核能發電	75.7%	18.9%	39.1%	38.7%	選擇二：不再建造新的核電廠。在不和經濟發展衝突的前提下陸續關閉核電廠。核電廠必須國營。	否（雖然瑞典沒有再建造新的核電廠，但也沒有關閉核電廠。另外，目前瑞典核電廠是公私並營，不是純國營。）
1994 年	加入歐盟	83.3%	52.3% 支持	46.8% 反對		通過	是
2003 年	採用歐元	82.6%	42.0% 支持	55.9% 反對		否決	是

一個民主國家除了透過選舉決定執政的大方向之外，也很需要民眾依自己的興趣和需要去參與不同組織，透過宣傳、遊說，和志願工作來達到他們的訴求。在瑞典，幾乎所有人都參與過公民組織，這些組織的性質和規模五花八門，從社區自治會到環保倡議團體。我身邊許多瑞典親友同時參加好幾個公民組織，或進而擔任組織的幹部。

公投是一場公民社會的嘉年華

參加過公民組織的人都知道，不是人人都對自己的訴求感興趣，倡議和宣傳是一場嚴苛的長期戰。當一個重大議題被提升到公投的位置，可以在短期引起巨大關注。在公投期間各組織擴大動員規模，在互相攻防之下集中檢視各方論點，雖然看起來在短期內耗費了大量資源，但是和疲軟的長期戰比起來，效率是更加顯著的。而公民社會全力展示的論點和民眾的反應，也為政府帶來很大的參考價值。換句話說，瑞典把公投視為一場輿論的嘉年華，重點並不是結果，而是過程。當然，社會老師也會和學生討論各國的公投模式，從中檢討瑞典公投的優缺點。

在公投這場輿論的嘉年華會上，各方意見爭奇鬥豔，讓人看了眼花撩亂。瑞典歷史老師向學生們呈現瑞典百年來舉辦公投時各方宣傳戰（Propaganda）的例子，並且從中和學生討論宣傳戰操縱人心的各種技巧。

什麼是「Propaganda」？

記得我第一次聽到「Propaganda」這個詞是在大學時期，查字典得到的中文翻譯是「政治宣傳」。簡單來說，Propaganda 是政府或企業利用圖像或字句，有意識、系統的操縱民眾認知、引導民眾行為，以實現宣傳者預期的政治或商業效果。

拿一個貼近生活的例子來說。現在談到西式早餐，很多人都會想到培根、煎蛋，加上一杯柳橙汁，但其實一百年前沒有人吃這樣的早餐。一九二〇年代，生產柳橙汁、培根的企業們相繼聘請廣告公司為他們進行市場宣傳，在巧妙重複的宣傳下，人們在無意識中，對早餐的想像從此產生了巨大的變化。

從小就學習要尊重每個意見，同時也期待自己的意見受到尊重的瑞典孩子，在拿到投票權之前必須進一步思考：他們的意見，真的是「自由、理性思考」下的結論嗎？要如何判斷受到操控，或是無憑無據的意見？

Propaganda 一詞源於新教在歐洲興起的時代，天主教教會為了和新教對抗，建立了專司 Propaganda 的宣傳機關。啟蒙運動之後宗教權力式微，國家政府接手了宣傳教育功能，隨著印刷術、國民教育普及、識字率提高，Propaganda 的效果鋪天蓋地、深植人心，也成為各國宣傳和教育機關都不得不潛心鑽研的「戰術」。

德國納粹黨可說是將 Propaganda 修練到爐火純青的代表。納粹黨旗下的 Propaganda 部門發布的每個訊息，每張照片，都是經過千挑萬選，精心潤飾出來的。一九三〇年代，納粹黨得以在德國的民主化途中劫持政權，Propaganda 功不可沒。

希特勒在自傳裡對 Propaganda 的重要性和技巧有許多著墨。他在書中分析，第一次世界大戰期間，英國運用現代宣傳戰動員全民的技巧和手段都比德國高明很多，這和英國民主化較早有很大關係。在民意越來越重要的時代，掌握民意就掌握權力，因此 Propaganda 就是致勝關鍵。希特勒也說：「一般大眾的理解能力有限，而且非常健忘，所以 Propaganda 內容只要簡單，並且不斷重複，就能讓每一個人都信服。」

「Propaganda」就在你身邊

當然，Propaganda 絕不只限於專制國家，對當時各國的政治人物來說，用宣傳控制民心是穩定政權最好的手段，在戰亂或權鬥過程中，更是不得不採取的策略。

在冷戰期間，國共雙方各自師承美俄 Propaganda 的奧義，對內對外的政治宣傳都不遺餘力。一直到九〇年代動員戡亂結束前，成千上億的「心戰」（Psychological Operation）文宣經由空飄、海漂的管道來往臺海兩岸，各式文宣現在看起來都讓人覺得有點荒唐，也有點惆悵。

一九三七年，眼看著幾乎全球民眾都暴露於納粹黨、共產黨、反共保守陣營、和南美獨裁者的強力 Propaganda 影響之下，美國多位政治、傳播、心理學家組成「宣傳分析協會」，並出版了《宣傳的藝術》一書，提出了幾個辨識 Propaganda 的要點：

一、運用宏大、美好但內容空洞的詞彙、形象。

二、利用偏見和恐懼心理，創造「我們——他們」的敵對意識。

三、模糊或隱藏發信者，讓民眾相信發信者就是他們的一分子。

四、使用經過特意挑選、不具代表性的代言人。

五、強調資訊或產品受歡迎的程度，誘發從眾心理。

六、呈現過度簡化、或片面的事實。

各種 Propaganda 的例子，都採用大幅圖畫、簡短標語，懷舊的圖像配上空洞的訊息，現在看起來顯得十分荒唐可笑。只要稍微掌握 Propaganda 的各種技巧，瑞典學生都能很輕易的指出各種 Propaganda 的理盲之處。

今天，我們在學校和媒體報導中幾乎看不到如此明目張膽的 Propaganda，但是如果我們細細分析周遭的各種資訊，就會發現我們今天接受到的各種資訊，仍然充斥著

Propaganda的要素。在網路辯論盛行的世代，還多了一味攻擊對方，卻提不出具體方案的半吊子批判；或是被攻擊方用「什麼主義（Whataboutism；注）」、「你也差不多」的方式強調其他短處，種種讓人忘了找解方的無效辯論。

當我們成為新聞媒體的商品

現代民主社會的媒體雖然享有前所未見的自由，但市場經濟支配加上新科技發展，媒體的生存獲利模式更加複雜了。在最理想的情況下，新聞媒體的商品是新聞內容，消費者是讀者。然而當願意消費新聞內容的讀者越來越少，媒體更加仰賴廣告和出資者，媒體的商品便不再是內容，而是讀者流量，購買流量的廣告商或是金主成為媒體需要負責的消費者，內容則成為捕捉流量的手段。金主過於強大的話語權，加上流量至上的模式，都讓媒體難以發揮身為民主體制當中「第四權」的重要功能。

面對這樣的難題，瑞典政府一方面運用國家補助，減少媒體仰賴廣告和金主的程度，一方面致力於國民教育的媒體識讀訓練。當我們無法完全撲滅病菌時，增加每個人對病菌的抵抗力就成了首要的任務。

綜觀瑞典近百年來公投時期的宣傳海報，瑞典學生大概能掌握到，內容過於簡單、情緒化的宣傳，都必須要小心。但是現在的Propaganda手法也比以前精進許多，各種似是而非的片面事實，都在在考驗著國民對語文和數據掌握能力，這也是瑞典學校在語文、數學課上教學的一大重點。也許下一次當我們盡情抒發己見之前，也可以先想一想：「為什麼我會這麼想呢？」

注：指的是不正面回應指控，而將討論焦點轉移為「對方曾經犯過的錯」。例如以下情境便是「Whataboutism」：「你支持的政黨，有○○政見尚未實現。」「那又怎麼樣？你支持的政黨也對××政見跳票。」

本文選自吳媛媛《思辨是我們的義務：那些瑞典老師教我的事》，二〇二一，奇光出版。

淇華老師的思辨訓練營

認清「自己為何會這麼想」，學會獨立思考

大部分的人都認為自己可以獨立思考，但是，你的「獨立思考」可能並不獨立。

美國史丹佛大學的社會心理學博士羅伯特．扎榮茨（Robert Zajonc）曾透過實驗證明：「人們越常接觸到同一刺激因素，就會越喜歡它。」也因此，當我們走進超市，會習慣拿起廣告中看過的商品。人們會單純因為自己熟悉某個事物而產生好感，這在心理學上稱為「單純曝光效應」，社會心理學也稱這種效應為「面熟原則」。

二〇二二年的一則波蘭報導〈想要了解我媽，我看了一個星期克里姆林宮的政治宣導〉，也提供了類似的實驗結果。

波蘭的記者安娜（Ludmi a Anannikova）來自俄羅斯，在波蘭生活多年。烏俄

戰爭初期，她很難和支持俄國侵略烏克蘭的媽媽對話。安娜不解，為什麼媽媽會相信那些無稽的政治宣導？為了換位思考，安娜決定做一個實驗：接下來一週她都不看西方媒體，只看俄羅斯媒體，而且每天要看滿八小時。想不到一週後，安娜很誠實表達她內心的變化：政治宣導真的在她身上產生作用，她開始懷疑西方媒體報導的真假。

政治宣導的威力，真的就是這麼強大。

本文中提到的「Propaganda」，中文翻譯是「政治宣傳」，如作者吳媛媛所述：是政府或企業利用圖像或字句，有意識、系統的操縱民眾認知、引導民眾行為，以實現宣傳者預期的政治或商業效果。

瑞典哥德堡大學二〇二一年發布的「民主多樣性」V-Dem（Varieties of Democracy）報告指出，臺灣受到境外假訊息攻擊的程度，已蟬聯九年世界冠軍。此外，臺灣媒體大多有鮮明的政黨色彩，當我們長久接觸這些真假不分，而且有意識、有系統操縱我們認知的訊息後，真的能夠躲避「面熟原則」，而擁有「獨立思考」嗎？

二〇二二年底，臺灣「十八歲公民權修憲複決案」公投未過，其背後顯現的爭議點是：臺灣十八歲的公民能夠獨立思考嗎？要學會獨立思考，除了要注意本文的提醒：內容過於簡單、情緒化的宣傳，都必須小心，也可以使用下面提出的「3W1H」法則，去檢視文章或訊息的可靠性。

延伸思辨練習

1. Where：文章的出處是否來自可信賴的媒體或學術機構？
2. Who：作者是誰，是否擁有嚴謹書寫的清譽？或是以假訊息煽動群眾見長？
3. Why：本文的目的性為何？
4. How：文章的內容是出於個人主觀論點，還是根據事實、學術研究、與科學數據去論述？

別參加妨礙學業的社團？分數之外，挫折帶來的成長

文——范家銘

每年夏天，北臺灣近千位學科考試成績最好的男生，成為建國中學新生。這群所謂「很會念書」、「很聰明」的人，在放榜的那一天，立即成為法國哲學家阿圖色（Louise Althusser）意識型態理論中，受到建構或召喚的「建中人」。

從此，這群十五歲的大男孩，就被國家社會、輿論媒體、父母師長與親朋好友「召喚」為「社會菁英」、「國家未來的棟梁」。大體上來說，他們必須用功念書，考上臺清交成之類的大學，最好不要參加「妨礙學業」的社團，最好不要交女朋友（遑論男朋友），更不應該管一些和「功課」無關、無助升學的事情（打掃環境、合唱比賽、聯誼等活動）。「學風自由」、「又會念書又會玩」這一類的形容詞，到頭來

也不過是便宜行事、未經辯證的套話。

事實上，這群人之後不少會變成前耶魯大學教授威廉・德雷謝維奇（William Deresiewicz）《優秀的綿羊》（Excellent Sheep）書中的人：聰明自負、鬥志高昂，但膽小怕事、焦慮茫然。進入大學、出社會之後，這群人絕大多數是所謂的「好人」，但他們有可能更加迷失，讓埋怨與逃避成為直覺反應，把指責與批判當作理性中立，或是可能更加投機，汲汲營營只為了讓自己往後能擠進名片上好看的公司。

北京大學錢理群教授說：「精緻的利己主義者，高智商、世俗、老道，善於表演，懂得配合，更善於利用體制達到自己的目的。」錢教授認為，中國社會之所以會出現這樣的人有三個原因：落後自私的家庭觀念或過分寵溺的家庭環境、分數至上的教育觀念、唯利是圖的社會環境。

臺灣奉行儒家主義的教條，又崇拜美國的資本主義。建中人一不小心，就容易變成「精緻的利己主義綿羊」，被加冕了莫名的光環，潛意識裡認為自己是社會菁英分子，但內心對於「菁英」的角色與價值充滿了迷惘，甚至無知。

菁英階級承襲自古代貴族。王公侯爵過去都得御駕親征，執干戈以衛社稷，不然沒有資格統御領導、收稅奴役。貴族不僅肩負身先士卒的責任，還得履行作為道德表率的義務，實踐「騎士精神」：幫助弱小、勇敢忠誠、善良慈悲。後來，工業革命終結了貴族階級，讓經濟資源移轉到資本家手中。資本家為了持續掌控生產要素，改變了數百年來的教育形式，把以人為本的博雅教育，變成量化生產的職業教育或專才教育；學校變成複製階級的教育工廠，為資本家或統治者持續提供一批又一批相對廉價但優秀好用的「綿羊」。

二十世紀的全球化浪潮把這個制度從西方輸入到東方，對於千年來崇尚「學而優則仕」、實施科舉制度的儒家社會來說，這套方法簡直完美，且更有效率。學校從此更具「訓練」與「套模」的功能，又巧妙的藉著「篩選」，讓通過篩選的人以為自己比別人優秀。但是臺灣沒有騎士文化與貴族精神的歷史，所以菁英主義就被曲解成一種不公平的教育制度，一般大眾也常常譏諷這群成績好的年輕學子不過就是書呆子。這種氛圍之下，這群所謂的學霸菁英，對於自己的定位變得相當迷惘。

臺灣社會逐漸關注弱勢族群，但「績優生」的教育問題普遍被忽略。智商高，情商卻不高的人，越來越常成為社會悲劇的主角。高智商分子如果自我認識不足，產生問題時，對社會的傷害經常更大。

建中生大部分是生來頭腦就比較好的學子，他們如果在成長過程中迷失自己，容易變成前面說的精緻的利己主義綿羊。相反的，他們若能在長大成人的青春期獲得認識自己、了解他人及探索世界的能力與經驗，那麼小我上，他們能打造更快樂的人生；大我上，他們能建立更美好的世界。

我們現在的義務教育體制，大多是「篩選」功能，缺乏自我認識的實踐。太過重視學科與成績，讓人無法獲得足夠的機會認識自己，認識社會。我後來投入十八年帶建中樂旗隊，就是因為我發現這個地方是一個很難得的沙盒（Sandbox），提供願意嘗試的學生和家長一個安全的時空，體驗一種更全面的菁英教育。

生而為人，畢生的挑戰就是認識自己

所有的苦難都來自於不了解自己的天賦、能耐、情緒及身體，而所有的快樂都是因為更加了解自己，而做出了適合自己天賦與能耐的決定，從事了更符合自己情緒與身體的行動。認識自己雖然是一輩子的功課，但對青春期的建中人來說更為重要，因為我們之中，多數人從小就是靠外在的掌聲與考試的分數來認識自己。

試想，用考試分數來界定一個人的價值是多狹隘、多恐怖的一件事！偏偏，連前額葉皮質都還沒發展成熟，我們就養成了用名次來篩選要向誰學習，用分數來決定要跟誰做朋友，用學科成績來衡量以後要往哪種職業發展。我們不需要去觸碰那些我們做不好的事情，因為我們很會考試，而且把考試分數衡高帶來的成就很大，利益很多，於是就避掉了被迫面對自己不足的機會，更不需要學習怎麼度過那些難關。

另一方面，我們也忽略了自己其他方面的潛力，壓抑了自己真正的感受。久而久之，我們只好走進那些早已建構好的桎梏，做安全的活，想保守的事。偏偏我們很聰明，所以我們偶爾掙扎，想要掙脫，爭取活出自己的機會，但隨著年紀漸長，機會成本升高，慣量難以撼動，最後我們可能就帶著惆悵離開。要突破這個迴圈，就得及早從各種角度認識自己，了解自己除了讀書之外還擅長什麼，了解自己碰到不如意時的情緒反應是什麼，了解自己在什麼情況下會放棄、什麼時候會堅持，然後了解放棄與堅持所帶來的潛在風險、成本與報酬。

建中樂旗隊的教育宗旨是「透過表演藝術與團隊合作這兩個媒介，讓隊員認識自己、了解他人、探索世界」。隊員在樂旗隊兩年中所經歷的訓練、活動、表演、比賽都只是手段，他們在這兩年中經歷的情緒、習得的教訓、發現的世界，才是重點。

建中樂旗隊給隊員一個安全的時空，透過學習表演藝術，從更多的面向認識自己。樂旗隊透過演奏樂器與肢體動作（包含精準的行進、舞蹈、戲劇、道具的操控等）來呈現表演。演奏與肢體動作都是技能，要提升技能，就得投入時間刻意練習。

除非天賦異稟，不然再聰明的人，都無法只靠「領悟」就習得一項技巧；這是和讀書很不一樣的事情，很多建中同學參加了樂旗隊之後才發現：自己原來有做不好的事情，例如無法固定嘴型、手指移動不平均、肌力不足無法維持穩定的姿勢、協調力不佳以至於動作跟不上拍子。這種發現非常重要，因為這種挫折感打開了認識自己的大門。表演藝術其實是很困難的事情，做不到、做不好，就可能因此被教練盯、被學長罵、被同學嫌棄。但是建中人很不熟悉挫折感，所以很多人應對挫折的方式就是開啟防衛心，先推卸責任，再逃避躲藏。

其實，學長與教練會教學生練習的方法，帶著大家一步一步來，同學也通常願意再給我們幾次機會。那我們是怎麼看待這些進步與成長的機會呢？是陷入自怨自艾情緒裡，退縮放棄？還是以守為攻，虛應敷衍？還是以攻為守，把自己的不順遂歸咎樂旗隊？還是聰明的想，傻傻的做，調整自己的想法與做法，再試試看？

樂旗隊的生活裡充滿了這種得一個人面對的抉擇，例如面對比賽前的加練，要蹺掉團練去補習嗎？面對程度不如我的人，要調整自己不耐煩的心態去教他嗎？我要擺爛還是振作？要袖手旁觀還是赴湯蹈火？為了捍衛自己的理想，我願意和多少人對抗？為了一個與自己不見得直接相關的目標，我願意付出多少時間與精神？

每一次的抉擇，其實都是認識自己的機會：選項的背後反映的是什麼樣的資訊、什麼樣的價值觀、什麼樣的情緒？我從哪裡獲得這些資訊、價值觀與情緒？為什麼我會接受他們？我需不需要調整？維持或調整的結果是什麼？我可以坦然接受嗎？我們怎麼決定，基本上反映了我們的成長環境與人格特質。但做決定是人生最重要的事情，決策品質越好，我們後悔的機率越小。要提升決策品質，就得時常練習，好好面對自己的成見與情緒，感受自己的理性，分析自己的情緒。樂旗隊給我們許多機會面對自己，了解自己，練習決策。

在認識自己的過程中，樂旗隊隊員會發現什麼叫真正的努力，什麼才是韌性。

樂旗隊不僅提供了隊員認識自己的機會，以及練習做決定的機會，也讓大家可以練習如何了解他人，與他人合作。樂旗表演裡，每一個人都獨一無二，因為每一個人都是隊形中的一個點，少了一個人，隊形就不完整。但是同時，大家脣齒相依，因為只要有一個人出錯，線條就會斷掉，步伐就會顯得凌亂，效果就會打折扣，整體的表現就會受到影響。

我們常說，整個隊伍的表現取決於程度最差的人。為了把表演練好，達到教練、指揮、學長的要求，大家一方面得提升自己的能力，另一方面得學習怎麼和他人一起完成一件事情。這對普遍自以為是的建中人來說很不簡單，但團隊裡若沒有溝通協調，就根本無法運作。

團隊中總是會有人明知故犯，難以相處，令人反感，但我們不能只是一味的懲罰、責備、排擠；有些人是性格上就很偏激衝動，有些人是身陷原生家庭的巨大壓力，而近年來則有越來越多人無法合理的與真人在現實生活中互動。樂旗隊團隊演出的本質，使得大家被迫要學著與別人相處。

具體來說，隊員必須了解怎麼用他人能理解及接受的方式表達自己的想法，這意味著大家需要發揮一點想像力，嘗試了解別人的立場與想法。有了同理心，才能進而學習什麼時候妥協讓步，什麼時候擇善固執。而且，妥協讓步不見得就是委曲求全；有時候反而是培養包容與接受的溫柔。相對的，擇善固執不代表就要得理不饒人，而是能堅定的做對的事，用行動實踐自己的理想。

指揮家巴倫波因（Daniel Barenboim）與文學理論家薩伊德（Edward Said）在他們的著作《Parallel and Paradoxes：Explorations in Music and Society》裡，言簡意賅的說明了箇中道理：「想知道如何在民主社會中生活，就去參加交響樂團吧。在樂團裡，你知道何時該領導，何時該遵從。你懂得留一塊空間給別人，但該捍衛一席之地時，你也不會退縮。」（注）

建中樂旗隊的另一個教育宗旨，就是帶領大家探索這個世界。四十年來，建中樂旗隊的足跡遍及美國、加拿大、日本、韓國、馬來西亞、新加坡、澳洲、英國、德國、荷蘭及義大利。於是，我們碰過東京片倉高校正經的拒絕在休息時與我們交流，因為他們說「比賽是一件很嚴肅的事情」。但也親眼見證過，福岡精華女子高校或沖繩西原高校完美精湛的演出與親切熱情的交流。我們看過和我們「撞曲」的加拿大紅鹿皇家隊（Red Deer Royals）與我們在練習場上相遇，興奮的在冰冷細雨中與我們「尬曲」；而且，即使兩隊各自更動了樂譜上的一些地方，大家卻能很有默契的在彼此獨有的片段時，放下樂器讓對方演奏，等聽見熟悉的音樂，再重新加入。

我們在英國伯恩茅斯（Bournemouth）的足球場上，見過英國國王查爾斯三世（時任菲利浦親王）親臨主持比賽的開幕典禮；在某國被分配到要先除草才有辦法練習的場地，等待遲到兩小時的接駁車。我們在荷蘭科爾克拉德（Kerkrade）碰到素未謀面的足球場經營者，稱讚我們是他看過最有紀律的隊伍；加拿大卡加利牛仔節負責載送所有比賽團隊的巴士公司駕駛員，也票選建中樂旗隊是最有禮貌的隊伍，我們還因此賺得了兩千加幣（約臺幣四萬四千七百八十元）的獎金。

我們在義大利遇見丹麥的隊伍裡，同時有七十五歲的老爺爺打小鼓及十歲的小弟弟吹小號；也在吉隆坡被穩穩接住七圈拋槍的十四歲泰國女孩，震懾不已。我們在濟州島碰過入圍決賽就哭成淚人兒、全隊擁抱在一起的美國社區樂旗隊（後來他們得

注：此段原文為：If you wish to learn how to live in a democratic society, then you would do well to play in an orchestra. For when you do so, you know when to lead and when to follow. You leave space for others and at the same time you have no inhibitions about claiming a space for yourself.

到冠軍），也體會過永遠技高一籌的卡加利牛仔節樂旗隊（Calgary Stampede Showband），在我們退場時，全員列隊與我們擊掌歡呼，向我們致意也致敬。

我們也曾被觀眾譏笑貶損，但也曾在同一個國家讓觀眾起立鼓掌、歡呼叫好。然後同樣是來自那個國家的隊伍，有些隊伍的隊員玩世不恭、言行輕佻，但也有些隊伍的隊員謙和大方、彬彬有禮。又或者，坐上黃色校車讓警車開道，在攝氏七度的夏日裡一邊踩著馬糞，一邊享受沿街觀眾的掌聲；看到隨便拍都是明信片等級的壯麗風景；吃冷食吃到每晚都渴望一碗統一肉燥麵。在芝加哥白襪隊主場演奏美國國歌；在沒有邦交的國家看到環繞全場的國旗。

在建中校園內接待康乃爾大學交響樂團的成員，聽他們分享參加樂團是緩解課業壓力最好的方法；或者在活動中心接待來自美國丹佛的藍騎士鼓號樂旗隊（Blue Knights Drum and Bugle Corps），這個頂尖的樂旗隊，聽見滿場的建中人為自己加油，甚至聽到同學說：「從來不知道我們自己的樂旗隊這麼強！」……這些體驗不僅再真實不過，更因為樂旗隊員自己有可供對照的經驗，所以更能深刻的比較。

出國比賽的「附屬」任務或許是為國爭光，但真正的目的是為了讓隊員看看自己的全力以赴，和別人的全力以赴比較起來，有什麼異同。

所謂的比較，倒不是局限在成績名次這一類建中人再熟悉不過的事情上，而是一種在文化上、態度上、價值觀上，其他國家的隊伍與觀眾怎麼看待競爭，怎麼看待表演，怎麼看待團隊，怎麼看待自身。例如，同樣是高中樂旗隊，我們每一週花多少時間練習，是什麼樣的成果？別人每一週花多少時間練習，又是什麼樣的成果？同樣是出國比賽，有的隊伍打地鋪睡體育館，有的則住星級飯店；有的隊伍志在參加，有的隊伍氣勢如虹。

自己經歷過了，才知道要完成一套表演有多麼困難，才更懂得欣賞他人的成就，才了解分數與名次之外還有很多可以追求的目標。例如，知道什麼時候要專注積極，什麼時候要捨得放下。

我在建中樂旗隊任教十八年，心情跌宕起伏，心境峰迴路轉，可以說經歷了見山是山，見山不是山，見山又是山的旅程。教育是孤獨而辛苦的志業，要在建中這種充滿建構與召喚的環境裡，堅持給學生一個完全不同的學習體驗，更是艱難。但是每每想到這群人以後就是臺灣的未來，就不得不燃燒自己的使命感，抓住一點可以改變的機會。雖然「認識自己，了解他人，探索世界」是看似不切實際的宏願，也很難在一兩年內留下什麼深刻的印記，但是只要能埋下一顆種子，啟發一些人，就不枉費那些慘澹經營的日子。

建中樂旗隊不是我全部的人生，但是我曾經用了人生的全部來帶建中樂旗隊，因為我相信建中樂旗隊的菁英教育可以讓建中人少一點焦慮與茫然，多一點踏實與自信，少一點逃避和算計，多一點勇氣和善良，少一點獨善其身，多一點利他共榮。

今年是建中樂旗隊的第四十年。但願這支隊伍不會消失。希望「臻於完美，止於至善」的精神，歷久彌新，永續傳承。

本文出自范家銘《天下雜誌部落格——網摘精選》，二〇二二。

淇華老師的思辨訓練營

在社團中內化「仁者無敵」的騎士精神！

「千萬不要在社團花太多時間，那一定會影響到課業。」這是許多師長對中學生的告誡。

二〇一六年，臺北市一所明星高中，因為學測滿級分的學生人數首次掛零，校方決定管制社團參與時間，社團真的成了師長害怕影響升學的怪獸。

然而建中范家銘老師的這篇文章，卻用建中樂旗隊的實例提醒我們：生而為人，畢生的挑戰就是認識自己。而建中樂旗隊給隊員一個安全的時空，透過學習表演藝術，從更多的面向認識自己。

聯合國世界衛生組織強調，青少年的教育方針應該包括「知識」、「技能」與

「態度」，具備這三者，才能促進青少年健全的人格發展。這也是為什麼美國的校園文化，普遍認為課業成績並非一切，甚至運動校隊的成員，都會得到全校的尊敬，也會成為大學選才的優先對象。

范家銘老師在文中不斷提醒將讀書視為一切的臺灣高中生：

一、太過重視學科與成績，讓人無法獲得足夠的機會認識自己，認識社會。

二、社團可以教導我們區別重要與次要的事務，及如何經營管理自己的時間。

三、別當「精緻的利己主義者」。

四、貴族得履行作為道德表率的義務，實踐「騎士精神」。

文中提到的忠誠奉獻、英勇扶弱的「騎士精神」，其實和華人儒家文化的核心思想「仁」字遙相呼應。「仁」字的結構是兩個人，意謂著，人不能只為自己而活；生命的價值，在於與他人共創價值。

然而偏狹的升學主義，卻將學生訓練為威廉·德雷謝維奇教授形容的「優秀的綿羊」：聰明自負、鬥志高昂，但膽小怕事、焦慮茫然。

「優秀的綿羊」其實並不優秀，因為膽小茫然，終究很難成為引導眾生、淑世利民的領頭羊。

延伸思辨練習

讀完這篇文章，想邀請讀者反思：

1. 成績優秀，但善於利用體制達到自己目的、不願付出的學生，是威廉．德雷謝維奇教授認同的「好人」嗎？
2. 你曾在社團活動做抉擇時，更認識自己嗎？
3. 在社團中遇到團體事務時，你願意挺身而出、扛起責任嗎？
4. 二〇二二年臺灣會考作文題目是「多做多得」，你認同這個概念嗎？

走向東京奧運！郭婞淳的金牌大滿貫之路

文——曾荃鈺

五官立體、笑容靦腆，現齡二十八歲的「舉重女神」郭婞淳，在二〇二一年四月舉辦的亞洲舉重錦標賽，已展現出奧運金牌的實力。當時她在女子五十九公斤級的賽場上，以抓舉一一〇公斤、挺舉一三七公斤、總和二四七公斤拿下三面金牌，同時，抓舉與總和雙雙破世界紀錄。同年七月二十七日，在東京奧運女子舉重五十九公斤級賽場上，她更以抓舉一〇三公斤、挺舉一三三公斤，總和二三六公斤的成績，漂亮贏得生涯首面奧運金牌，完成她的「金牌大滿貫」，這條路一走，就是十五年。

過去在世錦賽、亞錦賽、世大運、亞運等各大國際賽皆拿過金牌，也在二〇一六年里約奧運拿下銅牌的郭婞淳，奧運金牌是她最後一個挑戰舉重金牌大滿貫紀錄

「暫時性」的里程碑，今天，郭婞淳做到了。

在東京奧運 4×4 公尺的木製方形舉重臺上，郭婞淳是最後一個出場。抓舉開把直接挑戰一百公斤，短短五秒鐘，直接排名第一；在挑戰奧運一〇三公斤時第二次試舉稍有搖晃遭裁判挑戰，郭婞淳捶了捶左胸口給自己打氣，背負著國人的期望，第三次試舉穩穩的拿下一〇三公斤，拿下紀錄。挺舉項目上，開把從一二五公斤開始，第一舉就穩住了奧運金牌跟臺灣國人的心，第二舉挑戰一三三公斤打破奧運紀錄，成為她的量級中三項世界紀錄保持人，最後一舉一四一公斤挑戰世界紀錄雖然沒有成功，郭婞淳跌坐在舉重臺上仍笑得靦腆，隨後起身敬禮，不負眾望，穩穩收下臺灣在東京奧運會場上的第一面金牌。

所有生涯的高峰，都是從低谷慢慢爬起來的

「我在十三歲時接觸舉重，但當時覺得，舉重的女生會變得很矮、很壯、手臂很

粗，舉重時臉部表情會很醜，那時候真的很討厭。直到國三那年意外贏得第一面全中運金牌，我才開始覺得，或許對於舉重，我真的有一些天分。」

郭婞淳高一時參加新加坡青年奧運會拿下銀牌，未滿十九歲就挑戰二〇一二倫敦奧運，以第八名作收。二〇一三年更奪得世大運、亞錦賽、世錦賽、東亞運四大國際賽金牌，還獲頒體育界最高榮譽運動菁英獎最佳女運動員，二十五歲前就挑戰過舉重的七大賽事，人生像是開了外掛，一路扶搖直上。

不過二〇一四年五月十二日，上天像是跟她開了一個大玩笑。在備戰仁川亞運練習時的一場意外，差不多等於一臺一二五機車重量的訓練槓鈴，重重的壓在郭婞淳的右大腿上，造成股外側肌肉七成撕裂傷。

「這個傷沒有擊倒她，反而讓她更勇敢，那種重新站起來的勇氣，讓她變得更強。」負責治療郭婞淳的高雄長庚醫院骨科部長，兼運動醫學系主任周文毅說，手術成功後，郭婞淳積極復健，僅僅四個月的時間又讓她站上亞運舞臺，拿下第四名。郭婞淳回憶這段經驗：「其實在復健的過程中幾乎崩潰，我很心急，腿不能動，就在病床上鍛鍊上半身，但防護員提醒我不要急，『慢慢來，比較快』。既然我自己選擇了舉重這條路，把它走好走完也是我自己的選擇。相信所有的挫折，都是上天最好的安排。」或許這個傷就真的像她的名字一樣，能夠「倖存」下來，勢必有更大的使命讓她扛。

挫折，是上天最好的禮物

郭婞淳出生時差點因臍帶繞頸而命危，卻奇蹟的倖存下來，因此取名為「婞淳」。她從小家境貧困，和外婆住在工寮外，也時常到阿姨或舅舅家寄住。而這樣強大的生命韌性展現在運動表現上，在遭逢挫折時，她心中仍然堅信：「無論成功或失敗，都要持續朝著自己的理想前進。」

舉重的訓練是痛苦的，手上的繭長了又破，肩上的瘀青由紅轉黑，被槓鈴擦傷流的血有時和汗水一樣多。運動員總覺得吃苦是正常，傷心難過都往肚子裡吞，咬牙撐過的日子，是因為運動員知道，只有努力撐下去，才不會連認輸的資格都沒有。

「受傷的那一剎那，我想到的其實不是我的腳有多痛，而是四個月後的亞運比賽該怎麼辦？」郭婞淳現在說起那段過往，心情已不再起波瀾，但仍然能感受到她對自己賽事訓練的急切與渴望。二〇一五年備戰世界錦標賽時，面臨重大受傷後第一場最大型的比賽，她害怕了。

「當時的我，完全無法舉起原本可以輕鬆舉起來的重量，只要重量加到九十五公斤以上，我就不敢做動作，我竟然開始害怕重量，這對舉重選手來說是最忌諱的心理致命傷。」郭婞淳形容當時的心情幾乎崩潰，但好在教練跟隊友的鼓勵與陪伴，教練調整訓練方法，陪著她慢慢克服，把重量一公斤、一公斤的加上去，花了幾個月的時間，才終於超越了一百公斤。

「當時一個項目練了四十八組才把它抓起來。動作是三下一組，下午兩點半練到晚上九點，中間只有補充香蕉，有時候還練到晚上十二點才吃午餐，是教練跟隊友陪我度過這段最黑暗的時期。」對於身邊的人，郭婞淳心懷感恩。她深知每個看似不可思議的重量被舉起時的歡呼，背後是槓鈴數千次撞擊落下的聲音，如同每個光鮮亮麗的成功，都是從黯淡無光的失敗中掙扎出來的。

只要努力在，成功就在

經歷過受傷洗禮、里約奧運的鎩羽而歸，阿美族又是射手座的郭婞淳，沉澱過後更珍惜手上擁有的機會。教練林敬能看著郭婞淳成長，深深理解這一路辛苦：「因為她曾經失去過，所以更珍惜未來的每個機會。」

二〇二一年六月由國際舉重總會（IWF）公布最新奧運排名，郭婞淳是女子舉重五十九公斤級的第一名，以世界第一之姿進軍東京奧運。今天郭婞淳又在東京奧運的會場上奪金，她仍希望將二〇二二年亞運金牌設為目標。除了自己的選手生涯外，離開運動場，郭婞淳也想持續推廣舉重運動，無論是回母校輔仁大學擔任教練，贊助臺東體育高中舉重隊獎助金，或是到基層學校體育班分享舉重觀念與運動精神，郭婞淳把舉重場上習得的人生態度，化作生涯前進的養分，努力成為年輕選手們的榜樣。

「身為運動員，環境越是艱難，我們越要堅持信念，讓臺灣成為我們的驕傲，也讓我們成為臺灣的驕傲。」東京奧運延期一年，對運動員來說健康當然最重要，但是歲月也不等人，這多出的三百六十五天，每個人都備戰不停歇。郭婞淳感謝所有一線的防疫人員，也分享最常鼓勵自己的話：「只要信心在，勇氣就還在；只要努力在，成功就在。」讓我們一起期待郭婞淳未來的好表現吧！

本文選自曾荃鈺《獨立評論——運動專欄》，二〇二一。

淇華老師的思辨訓練營

利用「成長型思維」，在挫折中「倖存」

「只要信心在，勇氣就還在。」郭婞淳這句話似乎講得雲淡風輕，但經歷過運動傷害的人，都知道那信心與勇氣，隨時會被疼痛擊垮。

筆者曾因打籃球衝撞，造成右手小指骨折，痊癒後要拉筋復健，才能恢復原來的靈活度。但僅復健一次，就因為痛到流淚，放棄了！所以我的小指至今無法完全彎曲。讀者可以想像，郭婞淳股外側肌肉七成撕裂傷，復健時的痛，十倍於筆者的經歷。本文提到，那種痛到撕心裂肺的復健，讓郭婞淳幾乎崩潰。常人如我輩，一下子就放棄了。

但就如《灌籃高手》電影裡，安西教練說的：「現在放棄，比賽就結束了！」而郭婞淳並沒有放棄，她的比賽也因此沒有結束。當她腿不能動時，就在病床上鍛鍊上半身；遇到挫折，就相信那是上天最好的安排。郭婞淳所說的「只要努力在，成功就在」其實就是心理學家所說的「成長型思維」。擁有「成長型思維」的人，把一時的失敗當成「尚未成功」，認為沒有放棄，就沒有失敗。

如同發明家愛迪生發明電燈時，失敗了六千多次，有人問他：「你已經失敗了那麼多次，為什麼不放棄呢？」愛迪生回答：「雖然我失敗了六千多次，但是至少我學到了，有六千多種物質不適合當燈絲啊！」

與「成長型思維」相對的，稱為「固定型思維」。擁有固定型思維模式的人，容易接受失敗，不願再靠後天努力翻轉人生。

美國心理學家杜維克（Carol Dweck）教授在她出版的《心態：成功的新心理學》一書中表示：「擁有成長型思維的人，看到的是機會而不是障礙，他們往往比固定型思維的人取得更多的成就。」

二〇二一年國中會考作文題目是「未成功的物品展覽會」，就是希望新生代拋開

「未成功＝失敗」的固定型思維，要擁抱「尚未成功≠失敗」的成長型思維。郭婞淳用自己的生命證明：成功者真的只比失敗者多堅持了一次。

延伸思辨練習

想邀請讀者效法郭婞淳，練習以下思辨，加強自己的「成長型思維」：

1. 想想你現在比過去更擅長的事情？為什麼過去認為困難的事，現在變容易了？你是如何造成這些改變的？
2. 試著運用「還沒有」的力量，將自己視為「還沒有成功的成功者」。
3. 善待自己，不將錯誤視為無能，允許自己犯錯，並相信可以從中得到學習。
4. 不將學業成績當作自己的全部能力，相信自己有他人沒有的優點及專長，並找機會去展現它。

新冠疫苗幕後：一位多次被大學解僱、降級的女科學家

文——田孟心

致力於研究新冠疫苗關鍵技術的匈牙利科學家卡里科（Katalin Karikó），其實坐了四十年的冷板凳，曾被多間大學辭退、計畫被迫中止，終於迎來一舉成名天下知的這一天。

輝瑞與 BioNTech、Moderna（臺灣譯為莫德納）的疫苗有效性超過九成，幕後的關鍵技術源自一位女科學家四十年的心血。這些疫苗不僅能拯救世界上無數性命，也是她顛簸學術生涯的一種救贖——這一切終於值了！

今年六十五歲的卡里科出生於匈牙利，原先在南匈牙利的賽格德生物研究中心做 mRNA（Messenger RNA，信使核糖核酸）研究，三十歲時，因為研究沒有進展而

被解聘。

她可以選擇在原鄉轉做其他研究，但執迷於 mRNA 的卡里科，與丈夫賣掉了家裡最值錢的一件東西：車子，換到九百英鎊（約相當於三萬六千元臺幣），塞在兩歲女兒的泰迪熊裡，一家人就這樣橫渡大西洋，來到願意給科學家空間的美國。

偏要往「一潭死水」之處走

前後待過費城的天普大學、賓大醫學院，一九八九年，卡里科終於在賓大的動物實驗中發現一直以來醉心研究的 mRNA 真的有效。

mRNA 是一種像是信差的分子，它能告訴身體該生產什麼樣的蛋白質，包含對抗流感的抗體、克服罕病的酵素、修補受損組織的元素等等，如果人類能控制它，將能隨心所欲的打造理想療法。

但長期以來，mRNA 都因為會引起人體免疫系統的警鈴大響，對人類反而造成風險，而被學界視作「一潭死水」，就連卡里科的研究也不例外。沒有突破這項關鍵障礙，卡里科的計畫始終拿不到贊助。

「每天我想的就是經費、經費、經費，但得到的答覆永遠是『不！不！不！』」她對美國媒體《STAT》分享當年的挫折景況。

學術的高塔裡，拿不到計畫的就是輸家。一九九五年，再一次的，她遭到賓大醫學院「降級」。更糟的是，同一年她身體抱恙，疑似罹患癌症，丈夫又因簽證問題卡在匈牙利，「我想過不如去別的地方，或改做別的事吧，或許我就是不夠好、不夠聰明。」

懷疑人生是一回事，卡里科始終不改對 mRNA 的信心

「我從未懷疑過它是可行的，從動物研究數據就能看出來，我只希望我能活得夠長，去證明這件事。」她對《衛報》這樣說。

固執的她撐了下來，坐在最低階的學術階梯上。等待換來的是知音與伯樂，一九九八年，有次在影印時遇見從國家衛生院轉調來賓大的學者威思曼（Drew Weissman），對她的 mRNA 志業很感興趣，兩人就這樣展開共同研究。

當年，她也第一次獲得一筆十萬美元的經費，以做研究來說為數不多，卻是經歷多年挫敗的第一顆定心丸。

二〇〇五年，卡里科和威思曼發現，調整 mRNA 的其中之一個模塊，就能悄悄讓它變得低調，不驚擾人體的免疫系統做出發炎反應。

「那是一個很大的『喔！』的時刻。」卡里科告訴《每日電訊報》。

當時這份研究在業界非常前瞻，雖未引起廣泛注目，卻撫慰了其他對 mRNA 抱有信仰的科學家們，也讓 mRNA 商業化快速進展。

莫德納公司創辦人之一的加拿大生物學家羅西（Derrick Rossi）就是一例，他對這份研究感到驚為天人，其二〇一〇年創辦的公司莫德納就是 Modify RNA 的縮寫。

不過卡里科與威思曼自己創立的公司卻沒能走到臨床實驗階段，專利被賓大賣給其他家企業。

疫苗推手：就像美夢成真

二〇一三年，德國生技公司 BioNTech 看準這項 mRNA 技術，希望發展癌症應用，邀卡里科加入團隊。當時，莫德納也有邀請她。

如今，BioNTech 與輝瑞的新冠疫苗，讓公司市值來到二百五十億美元。

作為 BioNTech 資深總裁與 RNA 蛋白替換療法領導人，卡里科堅持四十年的 mRNA 路，終於也像信使一樣，傳遞了她的信念給世人。

許多人認為卡里科與伙伴威思曼值得更高的榮耀，羅西對《波士頓環球報》說：「如果你問我誰該拿諾貝爾獎，他們絕對是我心中第一人選。」

「點子被證明有效，就像美夢成真，但我從沒想像過這技術會受到這麼多鎂光燈的關注。」沒有因為疫苗而停歇，卡里科此際已著手將 mRNA 應用在皮膚脫落的研究。mRNA 未來在癌症、中風的發展也大有前景。

回憶起當年首度被辭退而出走他鄉的決定，卡里科說：「如果當時我留在匈牙利，就只會變成一個不斷抱怨的平庸科學家。」

就和所有堅持到底而成功的故事一樣，最後的果實看似線性發展的必然，當下每一步的恐慌與未知卻是主角自己擔負，並走過來。

本文出自田孟心《天下雜誌 Web only》，二〇二〇年。

（資料來源：STAT, Telegraph, The Guardian, Hungarian Spectrum）

淇華老師的思辨訓練營

用思辨找到天命！

本文中致力於研究新冠疫苗的匈牙利科學家卡里科，因為專業、因為投入、因為看見世界的需求與缺口，決定走入需求，弭平世界的缺口。雖然過程中橫逆不斷，甚至遭遇誤解及攻擊，但她知道，自己堅持的那件事，自己不做，世上沒人會去做。當理解到「你注定要去做一件只有你能做的事」後，堅持下去，最終將得到人間的成功，與歷史的定位。正如臺灣知名品牌「鮮乳坊」的創辦人龔建嘉一樣。

在二〇一五年十月 TED X Talks 臺北的演講中，龔建嘉曾提醒大家：「你注定要去做一件只有你能做的事。」

畢業於國立中興大學獸醫系的龔建嘉，大學畢業後，與兩位好友以單車環島的方式，到全臺灣偏僻的鄉鎮去做免費的動物醫療義診與衛教。服役時，他看到老軍犬為國家奉獻一輩子後，還必須待在軍營中直到老死，因此他決定挑戰制度，推動「除役軍犬認養計畫」，之後制度真的改變了，立院修法並通過決議，開放軍犬認養。

在牧場工作與酪農建立起革命情感，但龔建嘉看到酪農產業人口流失、產業結構不合理，甚至民眾對於臺灣鮮乳的品質有疑慮，為了不讓臺灣酪農業變成夕陽產業，他決定協助農民成立自有品牌。在二〇一五年一月，龔建嘉在群眾募資網站 FlyingV 上發起「白色的力量，自己的牛奶自己救」募資專案，雖然一開始受到許多同業的質疑與網路攻擊，但短短兩個月，受到超過五千位贊助者支持，累計六〇八萬元募資總額，高達十三萬瓶的預購瓶數，開始了至今仍成功營運的「白色革命」。

其實，「你注定要去做一件只有你能做的事」，就是天命。找到自己的天命，並為天命而活，是一生快樂的來源與成功的根基。

延伸思辨練習

想邀請讀者一起做下列的思辨，找到自己不可取代的天命！

1. 當你看見世界的問題時，你會習慣抱怨，還是會為這些問題主動思考、尋求解方？
2. 你覺得應該累積哪些專業去解決這些問題？
3. 當你發覺自己能看見他人沒看見的問題，你願意勇於提出，並且為其堅持與學習嗎？

Chapter 2

人際的思辨

在交友中思辨，習得「創造性的互動」

根據臺灣兒福聯盟二〇二三年公布，針對全臺十二到十七歲的國高中生進行抽樣調查，發現多達七成學生在遭遇情緒困擾時，會優先選擇跟同學或朋友商談，其次才是父母（百分之四十點六）。另有百分之四十三的受試者表示，「交友與人際」是壓力的來源。朋友在青少年階段的重要性，可見一斑。

認知神經科學家洪蘭教授也表示：「青春期的孩子最怕被看不起，因為自信心還沒建立，他們對自己的看法是來自於父母、老師和同儕。當他們在同儕關係中受到傷害，可能對他一生都會造成很大的影響。」

我非常認同以上的研究結果，因為自己在青少年時期有被霸凌與朋友背叛的經驗，造成長久的心理創傷，甚至不再相信朋友，在進入職場三十年後，「人際互動」仍是自己壓力的主要來源。

為了釐清自己在「交友與人際」上的學習，筆者將過去的經驗，整理成本章節的前三篇文章，加上兩篇選文。期待讀者閱讀後，可以思考這個單元中想傳遞的五大訊息，學會「創造性的互動」：

一、不管在交友上經歷多少挫折，要相信自己，只要能從挫折中學習，變成更好的人，一定更容易找到一生的好友。選文中的研究也顯示，朋友不僅對青少年重要，對老年時期更重要。

二、「刺蝟效應」告訴我們，交友是一門「距離」與「表達」的藝術。要學會「聽空氣」，傾聽對方釋放的訊息，創造出適合雙方的距離。

三、不要怕溝通互動中的衝突。人際互動中，衝突不可避免。只要正向面對，將衝突當成發現問題與解決問題的良機，並且在衝突後勇於和好，破壞性的衝突也能變成「創造性的衝突」。

四、網路時代的溝通互動，需要「尊重」與「合法」，才不會踩雷。

五、勿被自身經驗蒙蔽，要能夠「換位思考」，將「我可能有錯」的想法放在心中，才能留下思辨的空間，創造順利的溝通互動。

雖然朋友的角色在青少年階段超重要，但人生是一條長江大河，人際關係是「流動」的，人生每個時期，都在結交朋友與失去朋友。

如同數位部長唐鳳，雖然在學生階段，經歷了霸凌與交友的困境，但她將交友的得失，當成思辨「溝通互動」最好的教材，學會了「溝通的關鍵，在於聽，不是說」，最後在「創造性的互動」中，在實體世界與網路世界中，都找到一生志同道合的摯友！

朋友是送給自己最好的禮物

文——蔡淇華

詩人和我都經歷過無數次友誼的背叛，但我們至今仍相信——朋友是送給自己最好的禮物！

學期最後一堂下課後，S追過來說：「老師，有一件事，我一定要跟你講。你這一年辦理的『讓世界走進校園』太棒了，你一定要繼續辦下去。」

這幾年嘗試引進大學外籍生進入校園，每一年都有二十個國家的外籍生，在午休時段，與自由報名的學生互動。S雖已是高三生，仍幾乎場場參加，而且還和一位立陶宛的女外籍生在週末共同出遊數次。

S喜歡交朋友，國二時幫我接待德州參訪生，高一時參加模擬聯合國，還與我一起到波士頓參訪姐妹校，高二時參加國際人權會議，甚至和人權大使，國際名模梅拉妮·本尼特（Melany Bennett）成為莫逆，兩人一起泡湯，一起交換心事。

「S，你願意向這個世界伸出友誼的手，這個特質好棒，你看，你現在交友滿天下，生命好豐富。」

「老師，」S的眼神出現些許落寞，「其實我有一陣子不再相信朋友。國二時班上的同學看不慣我太活潑的個性，一起孤立我，我開始變得很沉默。」

我完全理解S眼中的落寞，因為那太痛了。

我自己高中時，有人放話要堵我，放學時竟沒有人敢與我走在一起。也曾在向死黨透露對某個女孩的愛慕一週後，死黨就邀這個女孩一起出遊。在成功嶺，我為保護同袍，舉發他被班長霸凌一事，結果同袍反怪我多管閒事，遭到全連關係霸凌。

這些痛，在每個當下，都是生不如死的痛。就像村上春樹《沒有色彩的多崎作與他的巡禮之年》一書的破題句：「從大學二年級的七月，到第二年的一月，多崎作活著幾乎只想到死。」

那可怕的孤獨、那不可置信的背叛、那如影隨形的自卑，都痛徹心扉，讓我一度以為，「失去色彩」的我永遠無法再相信朋友，那些傷口，也永遠結不了疤。

但慶幸的是，委屈似乎可以撐大心胸。我的忘性比記性好，對友誼的渴望，讓我一次又一次把縮回去的手再伸出去。然後苦澀青春走過，知命之年已過，朋友正扎扎實實撐起我生命最真實的重量。

有兩個超過三十年的球友，不分炎夏寒冬，每週要鬥一次牛，相約要鬥到不能動為止。有固定喝咖啡說心事的伙伴、有定期聚會「練瘋話」的高中同學、有一週不見一面，就會想念對方的博士詩人，還有像親人般的圖書館同事。

每隔一陣子，我就會因為「幸福滿溢」，很「娘炮」的對妻子吐露心中的感恩：「你老公是全世界最幸運的人，因為他擁有好多愛他的朋友。」

記得那日和詩人喝下午茶時，他戲謔道：「我告訴老婆，如果哪一天我出事了，你放心找蔡淇華就對了，他會處理好一切後事。」我當時覺得好笑，又有一點感動。

一個以前只能在詩集裡「膜拜」的神人級詩人，今日竟能成為日常對座的良師益友，這幾年杯觥交錯間的吉光片羽，竟一點一滴帶我進入創作的世界，甚至改變了我的一生。

詩人和我都經歷過無數次友誼的背叛，但我們和年輕的S一樣，永遠相信友情，永遠相信「朋友是送給自己最好的禮物」。

「朋」是上古計算貝殼數目的量詞，「朋」字像兩串貝殼的樣子，五個貝殼為一串，兩串為一朋。但若循古意，以利相交，恐怕終生無友。

所以，我喜歡把「朋」字看成兩個月亮。天上孤月多寂寞！這幾年的生命歷程告訴我，只要我願意當一個更好的人，遠方必然會有另一個月亮，靠過來，和我湊成一個最美的「朋」字。

淇華老師的思辨訓練營

用思辨學會交友，送給自己一生最大的禮物吧！

美國哈佛大學自一九八三年開始，定期追蹤七百二十四位成人，七十五年後，這跨世紀的研究，究竟帶給人類什麼重大發現呢？

發表這個研究成果的威丁格（Robert Waldinger）教授表示：「有個很清楚的訊息：良好的關係讓我們維持快樂與健康，就這樣。」

這個研究也對於「關係」整理出三個重點：

一、孤單有害健康，社交活躍有益健康：

與家人、朋友、社群保持較多聯繫的人，心靈比較快樂、身體也較健康。

二、朋友不在數量多寡，而在關係深淺：

在人群或婚姻中，人也會感到孤獨，因為關係的「質」比「量」重要。

三、良好關係不只保護身體，也保護腦力：

是否能在年老時感受到仰賴與信任另一方，對於腦部健康有重大影響。

然而，我們要如何與他人擁有親密的關係呢？其實答案很簡單，就如同這篇文章的重點：就是當個好人，便能吸引另一個好人。

暢銷書《標竿人生》的作者華里克（Rick Warren）牧師說過：「如果我們想要交到好的朋友，自己就必須成為一個好的朋友。」如同物理實驗的「共振效應」：三十二個節拍器，在不同的時間點開始晃動，最後竟在五分鐘後，神奇的往同一個方向、依同一節奏擺動。人類總習慣接近與自己頻率相當的朋友，所以若我們以善待人，便更能夠吸引善的朋友。

或許讀者會發出與我年輕時相同的疑惑：「我習慣以善待人，為何得不到善的回饋？」其實，在對的時間，遇到錯的人，是人生的常態。被背叛了，可以高興認清了一位朋友；爭吵分手了，可以當成反省自己的良機。

哈佛大學七十五年來的研究啟發我們，年紀越長，朋友越重要。所以要相信付出，要相信善良，會幫我們留住對的親人與摯友。

延伸思辨練習

最後想邀請讀者一起用以下的思辨練習，學會交友，送給自己一生最大的禮物吧！

1. 你有主動付出，主動關懷他人的習慣嗎？
2. 當你經歷友誼的背叛，你願意相信這世界仍有許多好人在等著你嗎？
3. 當你與朋友相處時，你會以自我為中心，不斷談論自己，還是會主動關心並傾聽對方呢？
4. 你有不斷學習成長的習慣，讓自己吸引到更好的朋友嗎？

叔本華尋覓的刺蝟——刺蝟效應

文——蔡淇華

「人就像寒冬裡的刺蝟，互相靠得太近，會刺痛對方；若彼此離得太遠，又會覺得寒冷。」——叔本華

「你晚上天天打電腦，鍵盤聲吵得我不能睡。」多年前的一次國外旅行，在最後一天，室友一股腦對我釋放滿腔的怨氣。

「抱歉，但第一天晚上我有詢問是否會吵到你，你說不會啊！」我也覺得委屈。

「我不好意思說實話啊。」

「唉，你應該早一點說的。」

真的應該早一點說的，因為憋到最後，真的會出事。

高一時，我和一位彰化同鄉負笈臺中，一同賃屋而居。我早睡，他喜歡夜讀，而且還放著熱門音樂，我被吵得難以入眠，但囿於情誼，不好意思「糾正」他。等到怒氣蓄積到了極限，我才一次爆發，批評他太自私。他對我突來的情緒也不假辭色，兩個血氣方剛的高中生根本不懂溝通，幾句重話，就決定割席斷義。

等租約一到期，我馬上搬了出去。

很奇怪，不當室友後，少了「同室操戈」的機會，兩人的感情反而變好了。放學後，我常帶便當回去找他串門子，他也會珍惜短暫的哈啦時光。過了一年後，我再度向他開口：「要不要搬過來和我一起住啊？這次不睡上下鋪，我們住隔壁間。」

「好啊！」他回答得超爽快。

這次我們好像都摸透了對方的禁忌和底線，恢復了以往的熱絡，從前劍拔弩張的場面不復發生。

上大學後，在德國哲學家叔本華（Arthur Schopenhauer，一七八八～一八六〇）

的《人生智慧》一書中，讀到令我感同身受的佳句：

「人就像寒冬裡的刺蝟，互相靠得太近，會刺痛對方；若彼此離得太遠，又會覺得寒冷。」

我和高中室友，活生生就像叔本華筆下的刺蝟。一開始我們由於距離太近，各自的刺，將對方刺得鮮血淋漓；後來我們拉開了距離，卻又覺得太冷；最後我們終於找到了適當的距離，不再刺傷對方，也能相互取暖。

事實上，在歷史上，叔本華自己活得就像一隻刺蝟。

叔本華有一個能幹又暴躁的商人父親，母親是受歡迎的通俗小說家。在他父親投水自殺後，叔本華不諒解母親，一生與母親交惡，且自此再也沒有見過母親。

有人臆測，因為沒有體驗過母愛，叔本華恨這個世界，最後成為脾氣火爆的悲觀主義者。他一直很難找到堅定的友誼，叔本華曾比喻：「友誼就好像傳說中的水怪，大家繪聲繪影，卻仍有待證實。想要擁有一位如《聖經》所言，比親兄弟還親的朋友，可能比看到尼斯湖水怪的身影還難！」

叔本華在他生命的後三十年，除了一條狗，沒有人作伴。他最有名的故事，是曾因為噪音問題，跟一位四十七歲的鄰居女裁縫爭執，甚至盛怒之下，將她推下樓，導致其終身傷殘。

然而，難道叔本華不渴望另外一隻刺蝟的溫暖嗎？

叔本華曾溫情的說：「在這樣一個充滿缺陷的世界裡，若你有幸遇到真摯的朋友，就好好珍惜吧。有時候，我們連對自己真誠都做不到。所以，無需苛責別人，人性本就很複雜。」然而他又曾憤世嫉俗的寫下：「人性最特別的弱點，就是在意別人如何看待自己……一個人，要嘛孤獨，要嘛庸俗。」

可見叔本華終其一生，也曾經渴望過朋友，但他卻一直找不到「合適的距離」去和另一隻刺蝟相處。

那什麼是「合適的距離」呢？

在一九一二年，瑞士心理學家布洛（Edward Bullough，一八八〇～一九三四）曾提出「心理距離」的美學概念。他指出，美感的產生，來自於觀賞者與藝術品之間的心理距離，若是心理距離不夠或者太遠，都無法感受到美感。

布洛讓我們了解，適當的「心理距離」可以產生美感，卻沒告訴我們，多遠是太遠；多近是太近？

其實，叔本華自己早已知道答案，只是他未曾去實踐。他曾說：「我們若能深刻認識自己，並探索自己心靈的本質，也許我們就能找到開啟外部世界的鑰匙。」

原來這把鑰匙，就在我們的手裡；所有的距離，都從我們自己的心出發。

或許，我們都是帶刺的刺蝟，但當察覺對方的第一根針頭已經刺痛我們的心房時，我們就一定要學會發出訊息：「對不起，我痛了，請離我遠一點。」

然後，當對方離得太遠時，請記得要不計前嫌，像我高中時一樣厚著臉皮，對死黨勇敢發出訊息：「靠近我一點好嗎？我們都需要另一隻刺蝟的溫暖。」

淇華老師的思辨訓練營

用「尊重」來丈量最剛好的人際距離

據內政部統計，臺灣二〇二〇年離婚人數高達五萬一千六百八十對，位居亞洲之冠。另外，行政院主計處統計，截至二〇二〇年底，臺灣二十五至四十四歲的適婚年齡層中，未婚率達百分之四十三點二，創新高！

結婚本是人類親密關係的美麗結晶，為何最後會裂解為四散的碎玻璃？甚至年輕人修習戀愛學分的年齡提前了，卻不敢走進婚姻的愛情研究所？為何現代科技日益強大，但現代人彼此相處的能力，卻越來越弱？

其原因就如同叔本華在本文中提到的「刺蝟效應」：「人就像寒冬裡的刺蝟，互相靠得太近，會刺痛對方；若彼此離得太遠，又會覺得寒冷。」這個寒冷，便是「得不到想要的尊重」。

例如日本近年來流行的「定年離婚」現象：許多日本丈夫退休後，每日待在家中對太太頤使氣指，不給配偶適度的私人空間和時間。太太感受不到尊重，便選擇離婚。如同新加坡作家尤今所說：「真正的友誼，需要保持一定的距離。有距離，才會有尊重；有尊重，友誼才會天長地久。」然而，為何我們會忘了「尊重」呢？其實是因為我們忘了「感恩」。

日本經營之神松下幸之助提醒我們：「請覺悟『與人共同生活』的重要性，是常懷感恩之心。」人們很難對「熟悉的幸福」表達感恩。例如，在母親辛苦烹調完晚餐還要洗碗時，很少有孩子會對母親說：「媽，你辛苦了，我來洗。」或是看到老師教到聲嘶力竭，更少學生會在下課時說聲謝謝。

當這些對我們「無所求付出」的人們，感受不到感激與尊重時，有一天，他們的熱度也會慢慢冷卻，甚至與我們的距離漸行漸遠。

延伸思辨練習

法國作家安德烈．莫洛亞（André Maurois）說：「真正的友誼總是預見對方的需要，而不是宣布自己需要什麼。」就是提醒我們要常做以下的思辨，才能擁有一生美好的友誼與愛情：

1. 你曾「換位思考」，思考親人與朋友的付出，並用行動表達你的感恩嗎？
2. 你是否曾感覺到「不受尊重」的經驗，並聯想到日後不應如此對待他人？
3. 當聽到他人對你提出的不滿，你會勇於反省並改進嗎？

你的BQ有多高？衝突力——在Battle中Bear；在Battle後Better

文——蔡淇華

在自我中心的後現代，每個人的一生注定會橫逆不斷，衝突莫名。我們會像《笑傲江湖》中的令狐沖一樣身受重傷，但我們若能調合體內的「衝突力」，體內真氣將盡歸己有。

「好，既然我們沒人要讓步，我就永久退出社團！」B說完話，頭也不回，大步離開，留下一臉錯愕的學弟妹，和心碎一地的我。

B是我指導這個社團十年來，能量最強的學生，他協助我辦理兩次超過三百名代表的跨校會議，甚至受邀到他校，協助成立社團。然而，經驗告訴我，這世上沒有完人，一個人的正能量和負能量往往成正比，我在等待他的負能量爆發。

三年過去了，我和Ｂ一直相安無事，我也認為是我多慮了，但在Ｂ畢業前夕，我們之間爆發了我教學二十多年來最大的師生衝突。

Ｂ的離去讓我心痛不已，開始自省：自己是否是一個成功的老師？我也開始回憶這半生的種種衝突。

是的，我是一個充滿衝突的人：高中階段帶刀上學；大學時代嗆教授；戀愛史就是一部爭吵史；在職場上也常以下犯上；當老師以後，更習慣用威權橫行霸道。

自覺過去是一隻不走直路，只會橫行的巨蟹，善用堅硬的外殼保護自己，喜歡舞動兩隻大螯製造衝突。然而，「衝突」真的是那麼一無是處嗎？

社會學中有源自於馬克思主義的「衝突理論」，指的是不平等階級造成的群體衝突，因為這些衝突，帶來革命、政治變遷和社會變遷。衝突理論強調，社會群體間的衝突，是造成社會變遷的主要動力。那麼，個人間的衝突，是否一定會帶來革命（革誰的命）？我們生活的日常是否也需要一套「衝突理論」？

成長經驗中，因為衝突帶給我太大的痛苦，逼得我不得不建構一套自己的「衝突理論」。我發覺在衝突中，一方突然產生的衝擊，會逼得雙方必須馬上清楚表達觀點，這將突顯組織危機，迫使組織「突變」，快速解決危機，最後，使得組織變得更加突出。然而，衝突載舟覆舟，端看雙方如何「製造衝突」、「處理衝突」與「從衝突中學習」。

是的，我們必須在衝突中學習。

允許我先說一個禪宗的小故事：廟裡有A、B、C三個小和尚，A、B發生衝突後，A去找住持，要住持評理，住持對A說：「你是對的。」於是A得意洋洋對B說：「住持說我是對的。」氣不過的B便去找住持評理，住持也對B說：「你是對的。」

住持身旁的C看在眼底，忍不住問住持：「你怎麼可以說兩人都是對的呢？」

這時住持又笑嘻嘻的對C說：「你是對的。」

故事看到這裡，你一定覺得住持是一個鄉愿的大爛人，但真實的故事結尾是，C

從此得道，因為他頓悟：「每一個人都以自己的角度看世界，因此每一個人都認為自己是對的。」

的確，全世界的衝突點就在於「每一個人都認為自己是對的」，因此如果我們無法學會站在對方的立場思考，如果我們一直堅持「My way or no way」，我們將永遠無法與衝突的對象攜手走到明天。我們能否學習在兩力頑抗時，如《聖經》所言：「要快快的聽，慢慢的說，慢慢的動怒。」這就像打太極，以退為進，先「快快的聽」，卸下對方的能量，再「慢慢的說，慢慢的動怒」，清楚表達立場，這時力道雖大，但過程柔順，就可以避免不可逆的傷害，這是現代人必修的「衝突力」。

在自我中心的後現代，每個人的一生注定會橫逆不斷，衝突莫名。我們會像《笑傲江湖》中的令狐沖一樣身受重傷，也可能在桃谷六仙的胡亂治療之際，被六道真氣搞得氣亂瀕死，但我們若能調合體內的「衝突力」，就像習得了任我行的吸星大法，體內真氣將盡歸己有。

我想跟 B 說的是，這世上有能力的人太多了，但真正能成功的卻只有少數，關鍵在於他是否具備處理衝突的能力。「衝突力」是一種智慧，重點不在戰鬥（Battle），而是在容忍（Bear）後，平心靜氣（Balance）去尋求雙方（Both）最大的利益（Benefit），最後，忍辱負重者，像甘地、像證嚴法師，一定會活出更好（Better）的自己，也營造更好的世界。

自覺過了知命之年後，生命進入一個比較平穩順暢的階段，原因是有了面對衝突的智慧。就像圖書館的組長說：「我們主任現在脾氣變好了，不像以前那麼會罵人。」其實是我真的再也不願用衝突解決問題了，我每天和組長相處的時間比老婆還多，她就像我的親人，默默支持我，一起完成了一件又一件的人生夢想。

婚後，我也不願複製年輕時的愚昧，在衝突中過日子，我開始學會自省，不再口出惡言，結婚三十年了，竟沒有爭吵過。

但這不表示我的人生可以遠離衝突，面對大是大非之事仍要堅持，我仍必須靠衝突快速解決燃眉之急，但總要在衝突後低聲下氣「修補衝突」，就像我會在B離去後，很肉麻的留言給他：「你知道情侶吵架喊分手，都不是真正的分手，你該知道，你跟這所學校、跟學弟妹、跟我，是不會斷的。人生是一條長江大河，匯流後就分不開了，你以後會懂，跟你衝突最多的人，可能也會是跟你最親的人。」很高興，B在我「示軟」後，願意重新歸隊，我們的師生情誼也延續至今。

是啊，不論是身旁，或是這座島嶼上與你共同俯仰行臥的人，都是最親的人，所以下次面臨衝突，高舉雙螯時，如果記得巨蟹硬殼裡是柔軟的血肉，你會有不忍之心，之後，你便會擁有管理衝突的能力。

擁有「衝突力」，你便可以在每次「衝擊」之後，做正向的「突變」，然後，慢慢的，慢慢的，你會變成更好的人！

淇華老師的思辨訓練營

學會「建設性」的衝突，讓情緒跑慢一點

人本主義精神分析學家弗洛姆（Erich Fromm）在其著作《愛的藝術》中提到：「認為好的關係必定意味沒有衝突，是一種幻想。人與人之間的真正衝突不應該被遮掩……衝突得到澄清，會帶來一種淨化，從而使雙方變得更有知識，更堅強。」

雖然傳統華人社會總是希望避免衝突，但「積極衝突理論」學者的看法與弗洛姆一樣，認為衝突對組合社會、群體團結、鞏固人際關係、促進相互理解等方面，都有正向的作用。換句話說，「好的小衝突」可以帶來「大和諧」。

例如，筆者在教學初期，曾有學生給我一張卡片，提供建議：老師應定好小考進度、班級管理時間不要吃掉授課時間。收到卡片當下，情緒很差，甚至視之為頂撞

師長。然而，當自己從善如流後，發覺全班成績進步了，這位提供諫言的學生，也成了我器重的小老師。反觀自己中學被霸凌時，為了避免小衝突，不敢報告師長，最後反而導致更大的衝突。

孔子最討厭鄉愿的人。他曾說：「鄉愿者，德之賊也。」因為鄉愿的人想討好所有人，不敢面對撥亂反正的衝突，也永遠無法成為世界向前的力量；而真正有思辨能力的知識分子，是勇於面對衝突，又能夠化干戈為玉帛的人之大者。

延伸思辨練習

如何處理「好的小衝突」呢？以下提供三種方式，讀者不妨一起思考。

1. 讓情緒跑慢一點：

心理學家表示，在「情緒／反應」的模型裡，情緒是先鋒，理性會姍姍來遲。所以當知道討論此議題，雙方一定會有情緒時，要有「覺察情緒」的習慣。也就是訓練自己，當情緒的主人，牽著它，讓它跑慢一點，等理性慢慢追上來。

2. 相信「愛」，相信雙方都值得被愛：

很多朋友或情侶會在衝突後分手，是因為雙方都沒有「愛」了，所以會盡情的用「恨」的語言去傷害對方。要謹記證嚴法師的教誨：「生氣醜化了自己。脾氣嘴巴不好，心地再好，也不能算是好人。」

3. 記得勇於示弱，給對方下臺階：

美國麻州大學沃斯特分校校長亞倫．拉扎爾（Aaron Lazare）在《道歉的力量》一書中提到，越有領導力的人，越勇於道歉。如同本文所述，真正的「高BQ」，是勇於先示弱，讓對方有臺階下，才能產生「有建設性」的衝突。

小心「對話截圖」成為人際衝突的導火線

文——陳鴻彬

前段時間，一個有人際困擾的孩子來找我，他總覺得大家都對他不友善；連幾個本來交情還不錯的好朋友也漸漸疏遠他、不再與他互動，後來甚至都「已讀不回」他的私訊。他不知道究竟發生了什麼事。

我們在諮商室裡談著談著，好幾次他試圖把手機遞過來，要我看看他與別人的對話內容，以證明他沒有亂說。我突然意識到些什麼，反問他：「你該不會也常常把你跟朋友的對話在未經當事人的同意下，直接讓別人看或截圖與其他人分享吧？」

「對啊！這樣秀出對話來，就一目了然、清楚明確啊！省得我解釋半天。這樣有錯嗎？」他眼睛瞪得大大的、一臉無辜看著我。

看得出來，直到這一刻，他依舊沒意識到這個「慣性動作」有什麼不妥。

「如果我是你朋友，已讀不回你的訊息算是客氣的了！我甚至可能直接封鎖你。」我接著說，「因為我不確定我跟你的對話，會被誰看見；我也不知道，我們的對話內容，即使只是一句閒聊的玩笑話，會不會被擷取片段、斷章取義，導致被人誤解；我更不想看你跟別人的對話，介入你跟別人的紛爭，還被迫選邊站！所以最好的方式，就是少跟你互動、不跟你傳訊息，保持距離，以策安全。」

在諮商室裡，透過第一人稱的方式去感受互動過程中的不舒服或不對勁，並反映給這孩子知道後，他終於恍然大悟，也對別人的感受較能同理。

猶如雙面刃的「截圖功能」

一直以來，我在校園裡協助處理很多孩子之間的「人際」問題，但近兩、三年，隨著智慧型手機與即時通訊軟體的普及，我觀察到兩個現象的轉變：

一、人際衝突裡，有超過半數以上的衝突事件，跟「對話截圖」沾得上邊。無論是因為截圖而起的衝突，或是因為截圖而加深的誤會，都讓關係被撕裂得更嚴重，事情變得更加複雜，難以處理。有時候我們會急著用截圖證明自己的清白，結果在清白尚未要回來之前，就先失去了人與人間的信任。

二、習慣轉貼自己與他人對話截圖的孩子，大多也有「界限混淆」的課題。在生活中，這些孩子也時常搞不清楚人際互動中，分際與尺度的拿捏，對人的尊重較為欠缺，所以容易造成別人的不舒服，卻又沒有自覺。

當我們越習慣「截圖功能」的便利，越可能輕忽它潛在的負面影響。所以關於截圖功能的使用，可以注意以下幾個使用準則：

一、如果截圖內容牽涉到私密對話，請先徵得對方同意！否則當對話截圖流傳一大圈後傳回不知情的當事人耳裡，對關係的破壞之大，可能遠超乎你的想像。

二、你可以陳述或分享對話中你自己的發言，但請避免分享他人的部分，更遑論直接截圖。因為「對話截圖」背後所象徵的，是第一人稱的表述，而任何人都無權代他人轉發第一人稱的表述。

三、每個對話組合的交情深度不一，請謹守不同對話框之間的界限！例如：可以跟朋友 A 說的話，不一定能對 B 說，也不一定願意讓 B 看見；可以跟 C 開的玩笑，D 不一定能接受。在每個對話框裡，我們對話的深度其來有自，而且與「信任度」有關，如果對方因信任你而談得深入些，請好好珍惜並呵護關係中的這份信任。

四、截圖的功能有很多，可以拿來代替隨手筆記，也可以作為知識或資訊的傳遞；或是當作證據，在必要時保護自己，但不包含取代溝通，以及主動散播分享。尤其是在彼此間的關係已經出狀況時，回到關係裡，面對面直接對話溝通，才能避免不必要的誤解越滾越大；轉發「對話截圖」，將導致後續負向效應難以預料。

讓每個對話，停留在原來各自的對話框裡就好，這是一種「尊重界限」的示範，也是我們可以學習的。

本文出自陳鴻彬《親子天下——嚴選作者專欄》，二〇一六。

淇華老師的思辨訓練營

慎用網路，別當被索賠三十六億的學生！

「我只是幫同學分享，」學生痛哭流涕的說：「為什麼警察要找我？」

前年陪學生芬（化名）到警局做筆錄，因為她受到國中同學請託，分享資訊，想不到那是一個「釣魚網站」，一點進去，重要個資便會外洩。

芬的分享動作，讓她變成「間接加害人」。

在今日社群軟體無遠弗屆的年代，人們只要不提防網路的分散性、開放性、互通性，以及立即性，往往就會以身試法。

根據「全民免費法律諮詢網」的資料，將自己與他人對話截圖下來，又將紀錄公開的話，可能違反「個資法」：截圖內容如果涵蓋到對方的姓名、照片……或其他讓人可以辨識出其個人資訊的內容，都有可能違反個資法。違反個資法的實務案件判決多以罰金為主，但如果目的是為自己或第三人圖利、讓對方利益受損，仍可能遭到判刑，而最高刑期高達五年。

想不到僅僅傳個截圖，最高刑期竟可能高達五年！

在校園中處理學生傳送截圖的糾紛，發現他們的目的大多是要「貼文公審、請大家評評理」。但如果在公開紀錄後，讓對方被肉搜、網路霸凌，甚至影響到隱私與名譽，就有可能構成恐嚇罪。根據刑法第三〇五條：以加害生命、身體、自由、名譽、財產之事恐嚇他人，致生危害於安全者，處二年以下有期徒刑、拘役或九千元以下罰金。

網路衍生的犯罪類型日益增多，在我自己的職涯中，就曾見過友人在社群媒體上罵人，被告「公然侮辱罪」；亦見過盜用他人密碼，對外通信的案例，觸犯電信法第五十六條第一項規定，被處五年以下有期徒刑。

二〇二三年初，日本爆發一名十七歲的學生，在網路上傳自己於連鎖壽司名店

「壽司郎」舔醬油罐、茶杯的影片，引起消費者恐慌，使「壽司郎」公司市值暴跌近一百六十億日圓（約臺幣三十六億元），最後被「壽司郎」提告求償。

如果讀者對網路行為有法律方面的疑問，記得可以上「全民免費法律諮詢網」查詢，或是撥打0800-555-940，會有專員做聯繫詢問。總之，網路行為涉及太多法條，若不想「落入法網」，一定要自律，知法不犯法。

延伸思辨練習

如何慎用網路不涉法，以下提供四種思辨練習：

1. 分享網路截圖時，你是否會先告知對話中的他者？並考慮分享後的影響？
2. 友人請求分享資訊時，你是否會先查詢資訊來源的合法性？
3. 在網路上應用他人資訊，是否會尊重智慧財產權，標明出處？
4. 目前已有針對Facebook上按讚者，提出告訴之案例。當網路留言涉及誹謗或公然侮辱時，你是否會輕易按讚？

公說公有理，婆說婆有理？經驗的局限與超越

文——李淑菁

在碩士班課程中，曾有學生是教學經驗豐富的資深中小學老師，我發覺她跟班上其他同學顯得格格不入。後來有機會跟她聊，才了解她覺得同學是年輕的「小朋友」，沒有工作經驗，討論的層次都只是想像。

現場經驗豐富的她，卻很容易、輕易的用既定的「經驗」來駁斥理論行不通。課程或演講時，偶有資深或退休老師談到「理論跟實際差距太大」，可以聽出他們的言外之意是「知識無用論」，以經驗領導思考，然後再以「理論行不通」作為不念文本的一種藉口或說法。

「經驗」有兩種，意義各不同

對於大學生，我很想直接踢他們到實務界，看看真實社會的樣子，累積一些經驗，未來若要念研究所，才能更深刻知道實務界的樣子，以及感受自己更深刻的關懷在哪裡；但對於經驗豐富的老師，我卻要提醒他們不要讓「經驗」限制自己的思維跟行動的可能性，因為你豐富的經驗也可能是單一思維脈絡下，每年一直重複的加總。

「經驗」能否產生意義，就看自己具不具備思考及反思能力。念大學時曾經到某公家單位實習，當時看到實習單位公務員的工作與作息，年輕的我曾經告訴自己：「如果每一年我只是重複一樣的事情，我寧願只活一年。」

以上的感受並非批評公務員，只是純粹描述當時年輕、正當飛揚的心情。而「重複」的概念是在於心境上、做法上，而非每天做的事情或面對的對象。即使教了三十年的教師，面對不同的學生，自己能夠思考與修正，精進學習新的觀點與教學方式，我就會認為他是有經驗、令人感佩的資深教師，否則可能只是重複了三十次的一年。資歷上，他依然是新進教師。

經驗的傲慢與偏見

二〇一八年十一月，各界對反對同性婚姻公投有諸多討論，往往有以「母親」身分的投書者表示：「我是一個母親，我不會害自己的小孩……」或者在反同文宣中也操弄著母職本質論的各種說法，以作為母親的身分與經驗，正當化反同者的做法。

我以前念碩士班時曾經到校外某研究所旁聽課程，我看到部分有經驗的教育人員可能沒念讀本，或者念不懂讀本，於是很輕易用許多的「教育現場經驗」侃侃而談，但其實他們談的「經驗」，反而是理論文本作者想要拆解的框架。

我常常觀察到一些經驗豐富者卻往往囿於「經驗」，以經驗至上的方式帶進課堂，對於深層理論的討論只認為「理論跟實際差距太大」，不願意或者不能夠從表象的「經驗」往下探究，造成這些你經驗到的現象之下，更深的原因與結構為何。

其實不是「理論跟實際差距太大」，而是實際的體會存在於表層的現象，若欠缺反思的能力，或由理論帶領的批判性思考練習，恐怕仍只是服膺主流價值，且被表象「經驗」所蒙蔽的經驗至上主義，是經驗的傲慢。

舉例來說，「我覺得女生就是比較細膩」這樣的經驗累積，是一種經驗現象的描述，但為何產生「女生就是比較細膩」的「經驗」？這是如何產生的？背後的運作機制為何等，都是理論帶我們深刻思考的。

經驗之後，超越經驗

當我們談到性別議題，資深已婚的女研究生會說：「女生應該如何如何，否則就會結不了婚。」在研究所的學術殿堂裡，我們要理解的是「女生不能怎樣、應該要怎樣，否則就結不了婚」的潛藏結構性因素為何，而非在既有文化結構下，用「經驗」教導、恐嚇年輕人。

這是學術的價值，不是外面書店賣的《如何嫁進豪門》等自助指南書。

當然，對於學術理論，我們不必然照單全收。但理論帶領我們深層思考的視野，是經驗之後，再超越經驗的好工具。等到理解了工具、學會運用工具，就能夠再用反思後的經驗檢視學術理論，這些通常是以西方為中心的學術理論。

超越經驗，需要知識與反思能力

「公說公有理，婆說婆有理，因此大家都不要吵了！」當雙方僵持不下時，總有類似公允的角色跳出來講這句話，特別是在社會對同性婚姻議題討論時很常聽到的說法。就好像談教育，每個人都是專家，都能談出一番道理來，因為每個人都有「教育」與「被教育」的經驗。

曾有大一通識課學生在期中團體口試時說，媽媽告訴她同婚將如何造成人類的滅絕，她聽了也覺得很有道理，雖然她們那世代大部分是支持同志結婚。我說：「你們現在念的是以人文社會科學為主的大學，進入大學的訓練，要能分辨出來誰在胡說八道，而能支持你去分辨的就是知識，這也是你們念大學的目的！」多元文化社會中所謂的多元，從來都不是把紛雜觀點拼湊並陳，然後讓它們相互較勁廝殺。

經驗導向的盲點，可以透過知識的思辨得到釐清。當然，做為知識分子，我們也必須能謙虛的理解知識的局限，並藉由擴展「經驗」，讓知識更為有用、接地氣！

本文出自李淑菁《獨立評論──高等教育專欄》，二〇一九。

淇華老師的思辨訓練營

用理性與科學，打破經驗的局限

義大利羅馬鮮花廣場豎立了一尊身披黑色斗篷的雕像，雕像下刻有銘文：致布魯諾——來自他所預言的時代——火焰燃燒之所在。

布魯諾（Giordano Bruno）是文藝復興晚期的義大利哲學家、天文學家、思想家。他在西元一六〇〇年被宗教裁判所定為異端分子，活活燒死。而布魯諾被控告的「異端」，是今日人人耳熟能詳的「日心地動說」與「無限宇宙論」。

布魯諾相信科學，但當時的人們相信「經驗」：因為觀察到太陽在運行，所以普遍認為是太陽在動。

當人們只相信經驗，不相信科學，會導致彼此的溝通不良，因為每個人的經驗值都不同。如果一個團體的成員，都將自己的經驗奉為圭臬，不去參照學術與科學的研究結果，這個團體將很難凝聚共識。

其實自文藝復興之後，以英國洛克（John Locke）為首的經驗主義，和以法國笛卡爾（René Descartes）為首的理性主義，就被後人爭論不休。然而之後數百年的歷史證明，經驗畢竟仍有其局限。

許多人年輕的時候就老了，因為他們固守舊經驗，不願意再學習新的科學理論去創新；有些年長者仍保有一顆年輕的心，因為他們開放吸收新的知識。

經驗是知識的起源，學術歸納大量的經驗、產生理論，這些理論可以提供更科學、有效的方法解決問題。待人們累積新的經驗後，發現新的問題，再用科學的方法去產生新的理論。人類的文明也因此推陳出新、飛躍前進。一個組織的領導人，絕對不能死守經驗說，才不會讓組織陷入「公說公有理，婆說婆有理」的無限迴圈。

延伸思辨練習

在此邀請讀者針對自己的思考脈絡，做有系統的思辨，幫助自己可以在經驗中學習，卻不局限於自我經驗，成為真正的「文藝復興人」：

1. 在直銷節目中，常看到許多代言人，振振有詞分享自己的經驗，努力說服觀眾購買他們的商品。請問你是如何去相信、或推翻他們的「經驗說」？

2. 當你讀到有大量科學實證支撐的理論，卻發覺與自己的過去經驗互相扞格，你會輕易拋棄自己難得的經驗，去相信新的理論？或是會去做更多的閱讀與實踐，去驗證新理論呢？

3. 當你主持一個「公說公有理，婆說婆有理」的會議時，你要如何利用科學的方法去「調和鼎鼐」？

Chapter 3
社會的思辨

引言

「大家都這樣」不一定是對的——小心「從眾效應」與「沉默螺旋」

二〇二三年Netflix推出超驚悚的紀錄片《以神之名：信仰的背叛》，片中介紹韓國四大邪惡教主的惡行。

因為有真實畫面、錄音，以及受害者的勇敢受訪，證明攝理教主鄭明析有性侵上千人的事實。這段殘酷的過去式與進行式，提供我們許多可以思辨的空間，以阻止這樣的不幸，走向未來式。

一、「從眾效應」會讓我們失去思考能力。

想了解「從眾效應」的形成過程，可以看一部二〇一四年的社會實驗影片：

在一個醫院的候診室裡，一群安排好的實驗人員假扮成看診者。每次聽見嗶嗶聲響時，他們就會站起來。一位不知情的女孩見到大家第一次起立時，覺得非常驚訝，但第二次嗶嗶聲響時，大家又同時起立，她猶豫了一下，但也跟著站起來。之後，就習慣了，第三次、第四次……女孩已是行禮如儀。

接著實驗人員一個個進入診間，但「嗶聲起立」的「傳統」仍繼續著，等到候診室只剩那個女孩時，你猜嗶嗶聲響起時，她會站起來嗎？

她站起來了，而且非常的自然，儘管她不曉得自己為何要站起來。

之後是這個實驗最精采的部分。

一位男子走進來，聽到第一個嗶聲，他看見女孩站起來時，覺得非常奇怪，但第二次嗶聲響起時，他也在疑惑中跟著女孩站起來——盲目的傳統形成了。等到候診室裡全是不知情的看診者時，每次嗶聲響，大家也都毫不猶豫的站起來——盲目的傳統變得根深蒂固了。

二、即使是高級知識分子，都可能被洗腦。

在《以神之名：信仰的背叛》片中，正如同前述的實驗，許多人從懷疑，變成「從眾」的受害者，甚至完全失去思考能力，成了加害者。數百個受鄭明析所害的臺灣人，都是臺灣頂尖大學的學生。連網紅「阿滴」都公開承認，自己和妹妹曾是攝理教信徒，但後來發現奇怪的價值觀，就恢復理智，離開教會。

三、一定要有人站出來，公平與正義才得以伸張。

鄭明析在二〇〇七年，以犯下跨國性侵的罪名，在北京被捕，被判刑十年。但在二〇一八年出獄後，再度犯案。直到二〇二二年被香港女子葉萱及一名澳洲女子公開舉報，才再度被警方逮捕。若非葉萱勇敢站出來揭發，並公開錄音等真實罪證，壞人可能還逍遙法外。

本章節「社會的思辨」，擬邀請讀者一起在閱讀中，思辨「大家都這樣想」、「大家都這樣做」，不見得是對的。我們要先釐清「自己為何會這樣想」？是對傳統的「想當然耳」？還是對人云亦云的「不加思索」？

最後，本章節舉出「臺中房思琪事件」，以及「#MeToo 運動」的實例，鼓勵讀者結合知識的工具，以及道德勇氣，願意站出來，拔除社會「惡的螺絲釘」，不再成為「沉默螺旋」的一分子。

本章節的第五篇文章，則邀請大家拉高視角，俯視自己所學的歷史，思辨自己是否在體制內，不得不「從眾」，也在為升學考試背誦歷史時，失去了思辨的能力。

臺灣人的Common Sense

文——蔡淇華

記得二十年前與外籍教師Frank合作教學兩年，他最喜歡叫我摸摸他的馬尾。

「油嗎？」

「不油。」

「你相信嗎？我已兩個星期沒洗頭了。」

「哎喲！」我覺得噁心極了，「你有沒有common sense啊？這是臺灣不是美國耶，在溼度高的地方，兩天不洗頭，就臭掉了。」

Frank向我解釋他的歪理：「因為我吃生機食物，又有打坐，所以身上毒素少，頭髮就不會油。」但他話鋒一轉，突然很嚴肅的說：「其實你知道嗎？common sense

不是臺灣人翻譯的『常識』，It's more than that。」

我不懂，Frank 繼續解釋：「例如說颱風來襲會有風雨，這是『常識』，『常識』可以翻成 general knowledge；而颱風天不要出門，就是 common sense。記得 sense 這個字有『感覺』之義，所以 common sense 應該翻成『知覺周遭風險的能力』。」

我過去常被笑「少根筋」，其實就是缺乏 common sense。

五年前為了欣賞曼谷迷人的夜景，到蓮花大飯店（State Tower）六十三層樓高的空中酒吧一遊，一出電梯就被絢麗的夜景所迷惑，連忙拿出相機要拍照，這時安全人員連忙拉住我：「No photo here and please sense the danger.（不可在此拍照，並留意腳下安全。）」我往下一看，不禁頭皮發麻，四十階的陡梯，只顧拍照，很容易失足。

真的，我們常常被眼前絢麗的美景所惑，然後突然踩空，跌落一個永世無法爬出的坑洞。

例如一個老同事的女兒，大一參加系際聯誼，坐上不認識男生的摩托車，轉個彎，撞上路旁的起重機，女兒沒了。因為當時女兒只看見眼前美好的假日、藍天、白雲，她沒感覺到，她「少根筋」，隨意將生命的主導權交給一個陌生人。

例如一個從事太陽能工程建設的親戚，他的年輕員工嫌綁著繩子施工不方便，從五層樓的高度摔下來，沒了。

例如一位學生家長，洗了幾十年的水槽，一日清洗醬菜缸，輕視兩人同組的標準作業程序（SOP），獨自一人下缸，昏過去，我的學生就失去母親了。如果依照SOP，兩人綁在一起，每隔一分鐘拉一下繩子，雖然無聊，但寶貴的生命一定可以拉回來。

又例如二〇二一年四月二日上午九點二十幾分，位於臺灣花蓮縣北迴線的大清水隧道，其中一家協力廠違反停工的規定施工，車輛滑落到鐵軌上，造成太魯閣號列車上四十九人死亡和二百一十六人輕重傷。

其實整體事故的原因複雜，包含臺鐵、監造商缺乏知覺風險的能力，以及公共工程採購案採取最低標，導致得標廠商層層轉包等問題。集體缺乏common sense，陳陳相因，導致這場「完美風暴」。

人類為了提醒自己保持common sense的敏銳度，所以制定了許多SOP，但臺灣人因為太「靈活」了，所以對於太一般（common）的例行公事覺而不察。

結果二〇二一年，臺灣因重大職災死亡人數為三〇七人，換算下來，平均約一點一九天就有一名勞工因職災死去，是英國的六倍。

但還有比工安更可怕的，那就是當全臺灣人都陷在一種common sense的「鈍化狀態」時，我們的生命安全就陷入極大的風險中。

例如臺灣在二〇二一年交通事故死亡人數為二九九〇人（平均每日八點二人），死亡率是日本的五倍。另外，機車騎士死亡一八二八人，酒駕事故死亡三一八人，機車騎士之死亡人數，占所有交通事故死亡人數的七成。大專生每年因機車車禍死亡約兩百人，在世界主要先進國家中高居第一。難怪美國在臺協會前處長司徒文曾以「吃美牛比在臺灣騎機車安全」，來諷刺臺灣。

臺灣人的知識普及了，但我們知覺周遭風險的common sense真的夠普及嗎？從這幾年付出的生命代價中，我們知道，在臺灣，common sense並不common；習焉不察的惡習，正在殘害我們一生的幸福。

真的，讀過書不代表我們有common sense，因為common sense呵，請臺灣人記得，不是只有常識而已。

淇華老師的思辨訓練營

千金之子，不死於市。意外不應是常態！

臺灣大小車禍頻仍，二〇二二年十二月美國 CNN 報導臺灣是「行人地獄」。澳洲、加拿大、日本以及美國等國家，也都特別針對臺灣的交通情況提出旅遊警示。二〇二二年一月至十一月以來的全國交通死亡人數，統計直逼三千人，平均每天有八個人意外死於馬路上。臺灣的交通事故率是韓國的兩倍、日本的五倍、新加坡的六倍。即使每天都有車禍死亡新聞，臺灣人卻已被「體制化」，漸漸失去知覺其風險、或改變它的能力。

電影《刺激 1995》有句經典臺詞：「監獄裡的高牆實在是很有趣。剛開始，你痛恨它；慢慢的，你習慣它；最終你會依賴它。這就是體制化。」

如果將這座高牆替換成臺灣的交通，你會發覺並無違和感。

交通專家認為改善交通，須從「三個 E」著手：執法（Enforcement）、教育（Education）和工程（Engineering）。三者的改善缺一不可，但一定要有人帶頭去改革。可以靠誰呢？

相信嗎？荷蘭的小學生曾帶頭改善他們的交通。

一九五〇到一九七〇年代的荷蘭，和現在的臺灣一樣，是「大汽車主義」，汽車擁有最多路權，其他用路人險象環生。一九七二年，荷蘭國家電視臺播放了一部紀錄片，報導阿姆斯特丹的 De Pijp 地區，小學生丹與同學在課堂上憤怒抗議汽車占據城市空間：「我們受夠汽了汽車！為什麼大家不騎自行車呢？」

事實上，這樣的「交通覺醒運動」，在一九七〇年代的荷蘭遍地開花，最後終於誕生了今日荷蘭的「生活化街道」。今日造訪荷蘭，到處都能看到專為自行車騎士以及行人設計的街區。

如本文題示，臺灣大專生每年因機車車禍死亡的比例，在世界先進國家排名第一，但每個生命都價值千金，都不應該輕易死傷於交通意外中，如同《史記．貨殖列傳》之句：「千金之子，不死於市。」

臺灣的各級學生，也需要有荷蘭小學生的 common sense，願意發起長期的「交通覺醒運動」。筆者與學生曾經見到學校附近並排停車，造成騎自行車的學生車禍身亡，因此印製兩千張傳單，一發現有並排停放的車輛，便將勸導傳單夾在車子的雨刷上。二〇二二年，一位學生因為騎樓高低不平，跌倒受傷，我們一起研究調查臺灣六都的騎樓與人行道狀況，發覺除了曾經啟動「路平專案」的臺北市外，其他五都的騎樓都像外媒形容的「行人地獄」。我們將調查結果寄給各市府，設立了臉書專頁，還獲得公視專題報導（注）。

注：掃描 QRcode，觀看公視《青春發言人》臺中惠文高中騎樓整平小組出動，揭露臺灣騎樓現況報導片段。

延伸思辨練習

現今有越來越多的政府官員與公民團體，開始合作改變臺灣的交通。想邀請未來的主人翁，一起加入。以下是行動前的幾個思辨建議：

1. 你發現臺灣有哪些交通問題？
2. 造成這些交通問題的根本原因是什麼？
3. 有哪些政府部門或公民團體，正在投入解決這些問題？
4. 你覺得學生可以做哪些活動，去協助落實交通的改善？

梨泰院踩踏事件：一場本可避免的人禍，究竟哪裡出了錯？

文——林芳穎

二〇二二年十月廿九日週六夜間，發生南韓史上最慘重的踩踏事件——「梨泰院踩踏事件」，截至南韓時間三十日晚間十一點，死亡人數已上升到一百五十四人，其中包含二十六名外國人，另有三千多名參與萬聖節活動的民眾失聯。當晚我看到社群媒體不斷傳來的現場影片，大批民眾被層層堆疊在窄巷，消防員死命拉人和時間拔河，救出來的人就地施作心肺復甦術，用「怵目驚心」、「人間煉獄」來形容都還不夠。

歡樂萬聖節變調，還原踩踏事件始末

根據南韓媒體報導，梨泰院踩踏事件最初通報在當地時間晚上十點十五分左右，當時有人稱發生十人左右的踩踏意外。接獲通報的當地轄區龍山消防署，距離事故地點只有一百公尺遠，理應可以在最短時間內趕到，但由於現場聚集數萬人，發生事故後想要回家的人集中在附近道路上，讓救護車難以通行，救護隊花費比平時更長的時間才抵達救援。

而據傳當時現場有將近三百名心臟驟停、呼吸困難的患者，需要一對一進行CPR心肺復甦術，但因急救隊員人力嚴重不足，沒有醫療專業的市民也加入其中，耽誤了黃金救援時間。最終一共動員了二千四百二十一名人力，包括五百〇七名消防員、一千一百名警察，以及二百三十八輛救護車等裝備進行救援。

發生踩踏事件的地點，是梨泰院地標漢彌爾頓飯店旁邊的窄巷，巷子口剛好是地鐵梨泰院站的一號出口，巷尾是漢彌爾頓飯店後方的世界美食街，兩邊人流同時往窄巷集中，但這條窄巷長四十五公尺、寬四公尺，換算面積只有五十五坪多一點。

臺灣民眾可能較不理解，首爾有許多丘陵地，房子大多依山而建在斜坡上，事故發生的這條窄巷就是一個陡峭的斜坡。有倖存者說，事故發生前，民眾自發性的從右側通行，但不知從何時開始，窄巷聚集了異常多的人群，超出空間可容納的數量，而當突然有人摔倒後，人群就如同骨牌般從斜坡倒下來——事故發生就在一瞬間，根本無從逃命。

摔跤原因眾說紛紜，有人指出，當時疑似有一位明星出沒，還聽到歡呼聲，可能是太多人為爭睹明星，相互推擠才導致摔跤。也有一說，現場疑似有人玩肥皂泡泡機，肥皂泡泡造成地上溼滑，才釀成不幸意外。

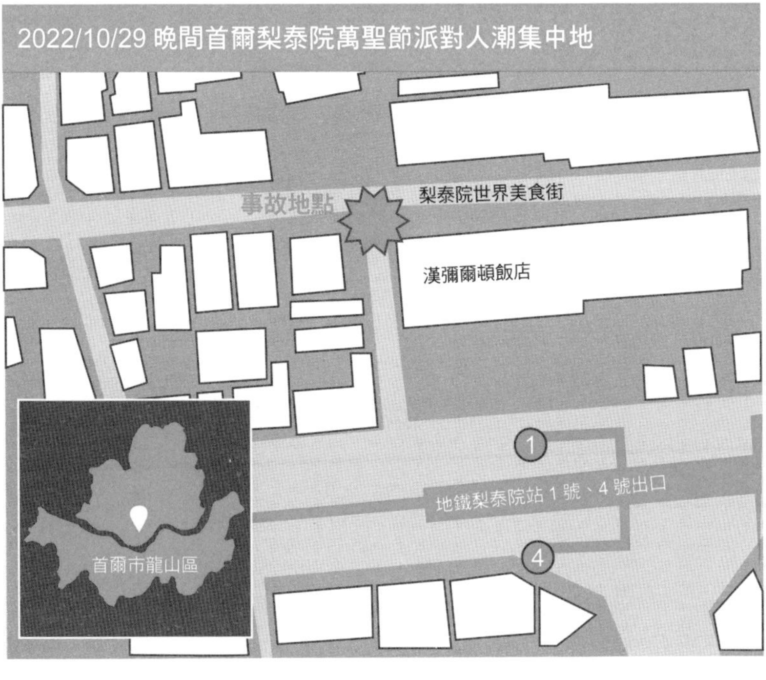

南韓媒體也發現，踩踏事件的罹難者當中，大多數是二十多歲的年輕人，其中女性死亡人數是男性的一點八倍。專家分析，這是因為女性的肌肉量相較男性更少，特別是二十多歲的女性，可能因肌肉量較少而難以承受壓力。假設一個人的重量七十公斤，十個人同時壓下來就是七百公斤，若是遭到前後擠壓，等同承受了一千四百公斤；而在左右都無法逃脫的情況下，身體組織無法承受壓力，肺部無法膨脹、空氣無法傳遞，即便在戶外也會窒息而死。

一場可避免的人禍，究竟哪裡出了差錯？

梨泰院是首爾較有異國風情的一區，我過去旅居南韓時，就久聞此處萬聖節派對的盛況。二〇一五年的萬聖節，我終於首次參與見證。記得當年和友人剛出地鐵站時，就被眼前人潮嚇到——從梨泰院站出站的手扶梯很長，跟臺北捷運的忠孝復興站有得比，上手扶梯前的排隊人龍，跟臺北跨年沒兩樣！和朋友走在人群中沒多久就受不了，決定先去遠離主街的餐廳吃飯休息，之後才找了一間夜店和其他朋友會合狂歡。當時我印象最深刻的，不是萬聖節人潮多洶湧，而是凌晨三點還彷彿不夜城，在大馬路上招計程車，招了半小時以上都招不到。

看到踩踏事件就發生在我走過的路上，實在覺得很難過，但另一方面也覺得納悶，畢竟這不是梨泰院第一次舉辦萬聖節活動，為什麼今年發生如此重大的事故？

十月三十日下午，南韓官方召開記者會，說明針對梨泰院事件的緊急應變會議結果，當時有記者提問：「預期當天會湧進人潮，現場是否安排了消防或警察人力？」行政安全部長官李相民回答：「這不是透過提前安排警察或消防人力就能解決的問題。事前規劃認為和往年情形沒有太大區別，因此按照平時水平投入約兩百名警力。」李相民再補充說明，當時首爾市內有其他示威事件，導致警力分散。

這番言論立刻在網路炸鍋！新聞影片底下有網友留言打臉，現場預備的兩百名警力是集中於防範非法拍攝、強制猥褻、盜竊、毒品等犯罪行為，根本不是應對人群聚集時的安全對策。還有推特網友引述二〇一七年的新聞照片解釋，二〇一七年的萬聖節，梨泰院聚集了二十萬人，現場不但拉起警戒線，還有警察排成一列進行安全管制；反觀今日政府根本毫無準備。南韓民間律師團體痛批，行政首長根本是將踩踏事故責任轉嫁給犧牲者。

踩踏事件反映人性，南韓政府沒有一句道歉

有人提出質疑，儘管人在斜坡上跌倒，難道沒有其他逃生方法嗎？南韓媒體指出，窄巷的一邊是漢彌爾頓飯店的外牆，根本沒有逃生通道，另一邊雖然有店家，但當時部分店家已經關門打烊，即便裡面有人在，也因為嘈雜的音樂聲，而沒有意識到外面情況有多嚴重。

而當晚在踩踏事故現場的一位首爾市民，在接受電視臺採訪時表示，「某間居酒屋店員把門鎖上不開門。」引發議論，導致這間居酒屋的網路評價慘遭一星灌爆，網友留言大酸，「鎖門的人晚上能睡好嗎？」、「提前祝賀停業」（很有臺灣網路評價的

既視感）。事後另一名目擊者發表文章幫忙澄清，當時他人在居酒屋裡面，看到店家有協助讓傷者躺下做CPR，關門是為了不讓居酒屋裡的客人出去。

南韓政府下令，十月三十一日起到十一月五日晚間十二點，定為「國家哀悼期」，並宣布龍山區為特別受災區，首爾市內各地都設置聯合焚香所，供民眾悼念。即使梨泰院的萬聖節活動是當地自發性舉辦的慶典，沒有任何主辦單位，但理應維護公共安全的南韓官方高層，包括親自去到事故現場的南韓總統尹錫悅，至今卻一句道歉都沒有，彷彿發生踩踏事件與政府無關。

此次事件也引發在野黨批評。根據《朝鮮日報》，南韓最大在野黨共同民主黨員南英姬，三十日在臉書發文，指控南韓總統尹錫悅將總統府搬離青瓦臺，導致龍山警察局每天必須安排七百名警力維安，進而造成此次活動的警力缺口，是造成這起意外的間接凶手，同時她還要求首爾市長吳世勳和公共行政安全部長李相民辭職。不過這樣的說法也招來網友批評，認為南英姬此舉是在消費受害者，進行個人的政治鬥爭，無助於解決問題；事後南英姬不堪網友指責刪文。

輕忽安全管控，踩踏悲劇一再重演

韓媒整理歷史資料，先前南韓傷亡最慘重的踩踏事件發生在一九五九年七月十七日，當時在釜山公共體育場觀看演出的三萬多名觀眾，為了躲避陣雨湧向狹窄出口，導致六十七人被踩踏致死。

一九六〇年一月廿六日的春節前夕，返鄉人潮擠爆首爾站，當時候車旅客有四千多人，達到平時的三倍。發車五分鐘前、開始驗票時，旅客爭相乘車，不慎在狹窄臺階上跌倒，造成三十一人死亡、四十多人受傷。

最近一次則在二〇〇五年十月三日，MBC電視臺在慶尚北道的尚州市民體育場公開錄製歌謠節目，現場五千多名觀眾同時湧入運動場一個入口，導致十一人死亡、一百六十多人受傷，死者大部分是老人和兒童。當時調查結果顯示，承辦單位以非正常低價投標進行活動，因為經費問題沒能確保充分的管控人力。時任尚州市長金瑾洙以業務過失致死罪名，遭最高法院判處有期徒刑一年六個月，緩刑兩年。

梨泰院踩踏事件是自二〇一四年世越號沉船事件後，南韓時隔八年六個月發生最多人數的傷亡事件，和先前的三豐百貨商店坍塌事故（一九九五年），以及大邱地鐵縱火案（二〇〇三年），同屬大型慘案，死亡人數都超過一百五十人。南韓前共同民主黨非常對策委員長朴智賢感嘆：「南韓社會到處隱藏死亡危險，如果不把整個社會從結構上建設成安全的社會，這種危險就會反覆出現，這是可怕的現實，朝野應該竭盡全力處理事故、制定對策。」

就這麼剛好，首爾市長吳世勳事發當時人正在歐洲出差，對外爭取申辦二〇三六年首爾奧運，接到事故消息才緊急返國，也在回國的第一時間前往悼念罹難者。對於首爾市沒有制定好事故預防對策的指責，吳世勳迴避正面回答，自稱剛回國，正在了解情況。震驚國際的萬聖節踩踏意外，讓首爾瞬間占據國際新聞版面，南韓官方的危機處理，預計也將可能影響首爾能否成功申奧的機率。

本文出自林芳穎《換日線——時事專欄》，二〇二二。

淇華老師的思辨訓練營

大家都不怕，不代表安全

前年一位鄰校教官，分享暑期學生騎機車集體夜遊，因為不熟路況，造成兩人死亡的事故。這個事故讓人想起二〇二二年十月廿九日星期六夜間，韓國首爾梨泰院萬聖節活動，發生的踩踏事件。

此事故共造成一百五十九人死亡、一百九十六人受傷。另外，二〇一五年六月廿七日晚間，臺灣八仙樂園舉辦「彩粉派對」，在主辦單位缺乏公安意識下，不幸發生塵爆，共造成四百九十九人燒傷，其中十五人不治死亡。

這些事故有三個共同的要素：都發生在公共場所、都有大批群眾聚集、受害者都不知覺潛藏的危險。

法國群眾心理學家古斯塔夫・勒龐（Gustave Le Bon），發現人在群體之中，個體的獨立思考能力會衰退，而這種現象會隨著群體的增大更加明顯。也就是說，在群眾裡，我們會不自覺的以為：大家都不怕，代表安全。然而，幾乎所有的公安事故，都起源於這樣的心理。

勒龐在《烏合之眾：大眾心理研究》一書中，扼要舉出群體的五大特徵：

一、群體是衝動的奴隸。

二、群體永遠徘徊在無意識邊緣。

三、群體只會被極端感情所打動。

四、群體是偏執和專橫的代名詞。

五、群體是矛盾共同體。

學校的輔導老師也表示，群眾的「無意識盲動」，在青少年階段特別明顯。例如，青少年容易隨著多數人，一起霸凌無辜的同學；青少年可能會跟著同學，一起做出平日不敢做的破壞公物行為；甚至在眾人起鬨下，做出危險的動作。

鄰校國中學生，就曾在同學的鼓譟下，一起在屋頂上「跑酷」，然而他們並非專業選手，結果一人摔落致死後，大家才恢復理智。

馬克．吐溫說：「當你發現自己和大多數人站在一邊，你就該停下來反思一下。」閱讀這篇文章，就是要提醒大家，在群眾裡，大家都從事的行為，不代表一定是理智或安全的。記得在群眾裡，仍要保有獨立思考的能力，以及自保的安全意識。

延伸思辨練習

以下提供幾個日常會遇見的狀況，邀請讀者一起思辨，如何不讓自己成為「烏合之眾」的一員？

1. 遇到與同伴一起出遊時，你會考量交通工具的安全性、時間是否合宜、場所是否有潛在危險之類的問題嗎？還是朋友說一句：「大家都OK，就只有你不合群。」就會奪走你思考的能力？

2. 請問你曾在校園中發現「盲目的群體衝動」嗎？例如一起嘲笑、霸凌某些同學？或是無意識的破壞公物？

3. 網路上常發生集體談論某些人隱私的「炎上」事件，甚至因此造成許多被談論者尋短。你覺得這些言論理智嗎？這些「鍵盤魔人」是否傷害了無辜者？

4. 社會上常發生瘋狂的「名店排隊」、「瘋狂搶購囤積」事件，你覺得這些行為合理嗎？

「臺中房思琪」資優班性侵案同學發聲——我的國中生活彷彿邪教

文——Yen

最近我的國、高中同學人際圈經歷了一場風暴，吹起了許多沉澱在大家記憶之湖最深處的，那些原以為早該淡忘的往事。

在「資優班導師是狼」這篇新聞出來之後，就像所有類似脈絡的性平事件一樣，社會輿論立刻分成了正反兩派。除了「事情都過了二十五年了」、「不能只聽一面之詞」這類的反方意見之外，也有諸如「當時的同學或同校其他老師都沒發現異常？」這樣的評論，因此促成了我寫這篇文章的動機。

先做一些背景介紹，當年的臺中市升學教育，國小有三個教育局立案的數理資優班（忠孝國小、臺中國小、太平國小），國中有兩個（居仁、五權），高中有兩個

（臺中一中、臺中女中），再加上私校系統的育仁國小、衛道中學、明道中學、曉明女中。從小二到高三這十一年，大半的同學都是排列組合，你高中同學的國中同學，同時是你小學同學的高中同學，這種網狀的人際結構，當然也有不少當了十一年同學的例子。在新聞報導出來之後，這些同學圈子立刻就知道當事兩造是誰，各式各樣關於過去事件的討論、補充資訊也迅速增長。我在後面文章所敘述的往事，除了我個人的經歷，也有部分是在這幾天討論中同學們總結出來的。

升學導向下的高壓羞辱，是那年代許多人的痛苦回憶

當年的教育體系下，只要導師不體罰，羞辱性的管教學校是不會介入的（比方說罰你站著上一整節課，在全班同學面前羞辱數落你超過十分鐘等）。畢竟當時是體罰都還普遍存在的時代，「不用打就可以讓學生聽話」甚至被視為是一種進步。在我們國中這種升學導向學校，除了單純升學，班級之間還要互相競爭什麼「整潔比

賽」、「秩序比賽」，各班導師在「好好管教學生」這個KPI（關鍵績效指標）項目上也存在彼此競爭，自然也很難插手其他導師的班級治理。

因為從國二開始就會有晚自習（甚至有的班級國一下就會有），所以學生待在學校的時間會從早上七、八點直到晚上九、十點，幾乎是只要醒著的時間就待在學校。再加上數理資優班位在一棟獨立的建築，和普通班級離得非常遠，也許是學校覺得這樣的安排可以讓學生專心念書吧？總之，我們的國中生活在時間和空間上是一個相當封閉的環境。

強烈的升學主義風氣下，交出考上臺中一中及臺中女中的成績單——還不能只是普通班，要算升上高中數理資優班的升學率——就是師長一切行為的最佳理由，以及最終目的。好學生的定義，就是無條件服從老師的指令，同時考試成績優秀。反過來說，個性比較自主，或者成績不好的「壞學生」就是被邊緣化的對象，老師會用各種明的暗的引導，讓同學們不知不覺間去排擠他們，最嚴重的情況就像是新聞裡黃老師信中所寫的，「從資優家族除名」。

正如其他許多相關文章提到的，黃老師是當年非常有名氣的「補教升學名師」，受到學校及家長們的追捧。黃老師也將過往學生的升學成績當作自己的勛章，反覆不斷在課堂提起學長姐們的成就，以及宣揚「只要好好照著我說的話做，你們也能像學長姐們一樣『成功』。」這樣的價值觀。

敘述到這裡，也許很多讀者會覺得：「這有什麼好奇怪的？當年就是這樣的環境啊，我國中時代也是這樣的。」是的，只看這些敘述，其實就是平凡無奇的高壓升學教育故事，反正只要考上了明星高中，「一切痛苦都有了回報」。

但黃老師的管教手段異於其他同校教師的地方，現在才要開始說明。

喜怒無常、情緒勒索：「不惹老師生氣」成為生存最高準則

首先，黃老師在面對學生的態度是非常喜怒無常的。時常因為雞毛蒜皮的小事，發怒起來可以罵半節課、一節課，而且常常是罵當事人十分鐘，再花二十分鐘全

班一起罵這種連坐處分。

雞毛蒜皮的小事諸如：在段考日的休息時間拿掃把鬥劍、比腕力而不好好複習、清潔工作沒有做好、拖把到處滴水、晚自習沒有等他到，大家就先開始吃宵夜……任何不符合他期望的表現，或者讓他感覺不受尊重的事，都可能激怒他。但是他的怒氣常常來得快去得也快，上午罵了半節課之後，可能下午又搖身一變成了關心學生，一切都是「為了你們好」的模範教師。

這種喜怒無常的溫差讓身為國中生的我們，將「不惹老師生氣」作為行動的指導原則，常常要擔心像是「男同學和女同學表現太親密，會不會又惹老師生氣？下一節數學課又不用上了」、「這次我們班的整潔比賽輸給十班只拿了第二名，會不會晚自習的宵夜又一口沒動全部被拿去丟掉？」等問題。

這種莫名其妙的情緒勒索，最高峰發生在我們的畢業典禮——老實說到現在我都還不明白確切原因，但他就是因為某件事賭氣，所以不願意出席我們的國中畢業典禮，而是由師母（當時也是同校教師）代他出席。而師母在講臺上流著眼淚和我們道歉的畫面，就成了我國中生活印象深刻的最後注腳。

其次，黃老師對於「班級必須是由他領導的完美整體」這樣的執著，到了相當病態的程度。比方說國中時期有非常高頻率的過夜班遊，大概每學期都會有一次到兩次。如果有學生不願意出席，那就是一種「不合群」的不完美，對他來說是難以忍受的。又比如在我們之前的學長姐交出了「一中女中全壘打」的升學成績，而我們班上有幾位同學的模擬考成績卻是落在危險邊緣，這種在他完美履歷上潑墨的行為，根本是大逆不道。

因此他會盡心盡力的付出所有的時間和精神，擔起身為導師的重責大任，用盡各種手段讓班級變回那個完美的整體，學生們都成為尊師重道、成績好棒棒的完美學生，畢竟他最不想做的就是要從「資優家族」中開除任何人的決定。

那如果有學生因為是單親家庭，所以付不起國中畢業旅行去加拿大的幾萬元旅費怎麼辦呢？簡單，可以勸學生和家長從國一就開始存旅費啊！重點是全班要作為一個整體去加拿大畢業旅行，這樣才能為國中三年做一個「完美的結尾」——可惜他付出了這麼多，最後還是沒有完美的結尾，畢竟黃老師沒有來我們的畢業典禮嘛。「全班都去加拿大畢業旅行」最後也沒有實現，有三、四位同學的家長就是真的湊不到旅費，或根本不覺得該花這個錢。

以上敘述的這些，在當時身為國中生的我，其實缺乏足夠的人生經驗去認知到其中的異常，甚至認為那其實是正確的。老師教給我們的價值觀，就是一條成功人生的康莊大道。所以當我父親提出各種不合理的疑點，說他想去找學校抗議黃老師管教不當時，被我勸阻了下來：老師這樣做都是為了我們好，去抗議只會讓我在班上變成壞寶寶，之後國中生活更難過。

當時的異常成為犯罪溫床，呼籲老師坦然面對自己過去的黑暗吧！

後來長大、閱歷豐富之後回頭思索，才猛然驚覺：當時的環境根本和邪教沒兩樣啊！封閉的時空環境，許諾成功或者美好的人生，信仰唯一的真理領導者，以羞辱性的懲罰摧毀獨立人格，以喜怒無常、恩威並施作為精神控制的手段。許多成年人都無法抵抗的方法，用在國中生的心智成熟度上，實在是手到擒來般的容易。雖然我沒親眼見過，但聽說某一屆的學長姐還有編輯過「黃語錄」這類東西呢……

當同學們都升上高中、大學，在舉行國中同學會時，我們最常做的就是反覆的把國中種種不合理、詭異的奇葩故事，以及黃老師奇特的言行拿來當作笑談。比方說：「管教好班上的女生，也就等於管教好班上的男生。」這什麼神邏輯？但是從黃老師在班上不斷製造男女分化的手段來看，他大概是真心相信這樣有效。

雖然談論這些事情時，大家都笑得很開心，但我覺得某種程度上來說，那也是一種修復的儀式，透過把那些詭異的過往轉化為荒謬的喜劇，從而在自己心中重新定義正常與異常，並獲得安心的救贖：看吧，當年不是我有問題，那個環境真的很奇怪，幸好大家的想法都和我一樣。

就我個人來說，我直到大學畢業都還會從國中生活的惡夢中驚醒，可能是因為自己都不記得的原因被叫起來站著罵了半節課，罵到最後老師才發現他罵錯人；又或者是快遲到了瘋狂踩腳踏車衝到學校，結果在校門口撞到老師。這類帶著某種創傷感又有點好笑的夢境。

最後也最重要的，事件中的被害人，是我國中三年的同班同學，以及高中、小學許多朋友的同班同學，我相信她的說法。「釵頭鳳情詩事件」是確有其事，黃老師真的因為該事件全班訓話，當年被黃老師公開羞辱的事件男主角，後來高中就離鄉背井去念建中，離開臺中這個人際圈了。黃老師曾多次開車接送被害人；班上同學感受到兩人間的異常氛圍；班遊去加拿大的時侯，在城堡飯店的自由活動行程，只有師母帶大家出去而不見黃老師……這些在被害人敘述中可由其他同學證明的事，大家這幾天互相討論印證起來，也都符合事實。

我也在此呼籲黃老師坦然面對自己過去的黑暗面，縱然刑事追訴期已過，還是有很多方法可以負起應負的責任。停止以私訊或電話騷擾國中同學們，或者我們的父母，我們也已不是當年懵懵懂懂的國中雛鳥了。也不要動不動就拿以死明志出來情緒勒索，那些都只能錯上加錯。

正如黃老師當年所說：「船到橋頭不會自然直，只會自然破。」坦誠面對並負責，是唯一還能讓我對黃老師三年的教導留下最後一絲感謝的做法。至少向我們證明，黃老師在國中三年努力營造的那個優秀正直、模範教師的人設，不是為了操控學生的人生而扮演出來的假象。

本文出自 Yen《獨立評論——讀者投書專欄》，二〇二一。

淇華老師的思辨訓練營

被權威侵犯身體時，為何我們無法說「不」？

桃園市助人專業促進協會專業督導潘含恕，曾描述性侵受害者的真實心境：「很多當事人在事發當下是非常困惑的，就像一般人在遭遇危機當下，通常會出現三F反應，第一種是『fight』反抗，第二種是『flight』逃跑，但更多的人在這個狀態下，會出現『freeze』，凍結了。」

「凍結了，無法反應」，真的是許多弱勢受害者的普遍反應。

筆者國中階段，上課中被老師連續甩了十幾個耳光，因為習慣性「認同威權」，當下竟然完全沒有反抗（fight）、及逃跑（flight）等本能反應，我只能不斷的抽泣。

總是在遭到長久侵害後，受害者才會想到「戰」與「逃」。

那時寄宿在老師家，老師每天動不動就體罰我們。一位同學晚讀時，畫的漫畫被老師發現，然後一巴掌，那位同學鼻血噴出，但他不敢動，雙手捧著自己狂淌的腥紅血液，直到鮮血溢到地面，老師才開口：「去洗臉。」我站在一旁，看呆了，但不久後恢復理智，決定告訴師母：「我要打電話回家。」

不知道那一晚是哪來的勇氣，我請老師接過電話，聽我母親的要求：「我的孩子希望老師不要再體罰他。」然而，到那一天為止，我已經遭受虐待式的體罰，整整兩年了。

我們總是相信，師長永遠是對的，也因此在年幼時，受到長輩的體罰或「權勢性侵」時，才會失去反應的能力。

澳洲政府在二〇一三年成立皇家調查委員會，針對在學校、家外安置機構、宗教團體、體育俱樂部、青年感化院等機構發生的兒童性侵，進行全國調查。經歷五年調查，共有六千八百七十五位倖存者敘述了他們的受害經歷，發現兒童「無條件信任」與「機構背叛」的嚴重事實。他們發現這些受害者，平均要經歷二十多年，才能勇於說出自己過去的不堪。

「臺中房思琪」資優班性侵案，一樣是「機構背叛」，一樣是經過二十多年後，受害者與她的同班同學才勇於揭發。

事實上，在受害者同學挺身而出後，政府當局仍延宕處理，未做出適當懲處。在僵局中，揭發案情的媒體、受害者的律師與筆者聯絡，希望筆者利用網路聲量，要求有關當局依法行事。

在了解詳情後，筆者與市府密切聯絡，並在個人臉書提出倡議連署。很幸運的，市府在筆者要求的解決期限內，對加害人做出第一步的懲處。事後，受害者也寄來感謝信，表達正義得以伸張的寬慰。

世界上永遠存在許多不公不義，我們不能只當旁觀者。如同文天祥絕命詩句：「讀聖賢書，所學何事？」知識分子所學的知識，如果加上正確的思辨與道德勇氣，是造福世界的工具。

延伸思辨練習

期待讀者們在擁有知識的工具後，針對這個議題，一起做下列的思辨：

1. 你曾經被權威者侵犯過身體或心靈嗎？當時你如何反應？你覺得何種反應最適當？可以向哪些單位或師長求助？

2. 你曾經發現身旁的人被權威侵犯過身體或心靈嗎？當事者是否得到適當的援助？若無人伸出援手時，你會挺身而出嗎？又該如何挺身而出，才能不傷害到自己和他人？

3. 你自己擔任學生幹部時，是否曾濫用權威，而傷害到他人？

「#MeToo 運動」是小題大作嗎？

文——陳紫吟

「#MeToo 運動」指的是：性犯罪受害人在社群網站上發布貼文，揭露自己的受害情況或事實，並加上「#MeToo」這個短語，它是一種受害人為自己發聲的方式。

早在二〇〇六年，美國社運參與者伯克（Tarana Burke）就開始相關運動，除了幫助性暴力受害人找尋「康復」途徑，也希望強調性暴力就在你我身邊且影響深遠，並舒緩倖存者在社會上的汙名。然而，遲至二〇一七年，這項運動才受到較廣泛的關注並走出美國。

二〇一七年，知名電影製作人溫斯坦（Harvey Weinstein）犯下的多起性犯罪被揭開，演員米蘭諾（Alyssa Milano）提到了這個點子：如果每個曾遭受性騷擾或性侵害的女性，都發文寫上「#MeToo」，或許人們比較容易理解這個問題有多廣泛、多嚴重。

此後，人們真的開始使用「#MeToo」標籤，揭露自己過去遭遇的性騷擾或性侵。有些人只是想表達「性犯罪並不少見」，因此未必會提及加害人姓名，也有人已無法訴諸司法（例如已過追溯期或證據已不存在），所以只能選擇發文。雖然不是所有貼文皆有明確提及加害人的姓名、性別，而這些受害人也不全是女性，但整體上「#MeToo運動」時常被看作女性的反擊。「#MeToo」這種不訴諸公權力，而訴諸網路公眾的行為，被一些人稱為「自警行為」（digilantism）。

二〇一七年五月，日本前記者伊藤詩織召開記者會，說明自己於二〇一五年時遭到前任長官山口敬之性侵。伊藤詩織是日本有史以來第一位公開自己長相和姓名的性犯罪受害者，她的一連串舉動（無論是出書或是對加害人提起告訴），被視為「#MeToo運動」開始在日本延燒的導火線。伊藤詩織受到許多支持，也受到許多批評辱罵，例如評論家小川榮太郎就批評，做出伊藤詩織勝訴判決的東京法院民事庭只是「曲學阿世」（媚俗），更有人嘲諷伊藤詩織只是「陪睡求職失利」。

另一個備受討論的案例發生在北美。二〇一九年，遊戲設計師奎因（Zoe Quinn）指控加拿大遊戲製作人霍洛卡（Alec Holowk）性虐待。這項指控使得霍洛卡飽受批評，並於該年八月選擇結束生命。反對者認為：只有法官擁有審判權，許多人為霍洛卡的遭遇抱不平，認為是奎因與「#MeToo 運動」害死了霍洛卡，就算霍洛卡真的犯下重罪，也「罪不至死」。在此案例之後，依然支持「#MeToo 運動」的人則指出：「#MeToo 運動害死霍洛卡」這樣的說法過於草率，他們主張，遭到指控的加害者所受之批評或其他負面待遇的責任分配問題，應該需要經過審慎評估。

法律的實際守備範圍有限。現行法規雖然保障所有人的權益，但對於那些受害比例特別高的群體而言，現行的法律很可能不敷使用（也就是說，受害人很可能是因別無選擇才採取自警行為）。

自警行為可能有其他正面效益，例如讓受害人採取積極行動的能力。

然而，我們另外還需要注意的是，在自警行為發起之後，其實不代表事件的結束，受害人很可能仍有創傷問題需要面對；此外，反對自警行為者的意見也可能對參與者帶來壓力。基於此，有些人認為，自警行為很可能不如伯克所言，「是一種有益於受害人的康復途徑」，反而可能對受害人造成二度傷害，因此認為不該鼓勵受害人採取行動。

無論如何，在受害人願意承擔遭受二度傷害風險的前提之下，若社會相關制度尚未完備，且明顯有特定群體頻繁的受到傷害，我們恐怕很難反對「最低程度」的自警行為，至於哪些自警行為屬於可行，哪些應該被禁止，則有待更進一步的討論。

身處於網路便捷時代的我們，擁有比以前更多的發聲管道，卻也面臨著新型態的犯罪及其所帶來的危險。然而，法律制度的修訂往往跟不上科技發展的速度，在使用網路這件事上，是否應該遵循某些潛規則以保護我們自己也避免傷害別人，恐怕不是法律可以教我們的，我們很可能需要依靠自己以及周圍的人的力量，找出答案！

本文摘自朱家安主編、沃草烙哲學作者群著，《人生好難：現代公民九個麻煩的哲學問題》，二〇二一，時報出版。

淇華老師的思辨訓練營

Me Too！小石頭也能引發正義的漣漪

如本文所述，「#MeToo 運動」遲至二〇一七年，才受到較廣泛的關注並走出美國。然而，所有對這個運動投入的小石頭，都會引起正向的漣漪，最後引發不同地區與人們的回饋。

二〇一四年四月起，美國白宮推出一部名為《1 is 2 many》的影片（片名為性侵受害者，一個都嫌多的意思），引起熱烈討論。在短短六十秒的影片中，知名男演員、頂尖運動明星、成功企業家紛紛入鏡，對著鏡頭說：「One is too many。」

當年三十歲的日本女性山本潤，受到美國一系列保護婦女反施暴活動的影響，決定將自己十七年前的不堪往事，勇敢說出來：「我從十三歲開始，遭受親生父親的性侵長達七年，直到二十歲。我覺得自己受傷了，我很髒，很羞恥，不值得活在這個世界上。」

山本潤經歷酗酒、強迫症、恐懼親密行為等重大影響後，於二〇一四年一月，她和母親共同成立了一個自助團體「向日葵會」，從醫療、心理、法律等角度提供專業資源，不僅支援照顧性侵受害者和家屬，同時針對性侵、性暴力主題舉辦多場演講活動。

她還將自己的故事寫出來，出版了《十三歲後，我不再是我：從逃避到挺身，性侵受害者的創傷修復之路》一書。她的人生故事和挺身而出，促使日本大修百年《刑法》，加重嚴懲性暴力犯罪者。

事實上，在二〇一一年，臺南的一所特殊學校，也曾爆發集體性侵事件，在短短八年內，發生一百六十四件性侵害與性騷擾事件，被害者近百人。當時一位受害女學生試圖在日記簿上告訴老師，結果老師竟回：「如果老師幫你，誰幫老師啊？」最終是在幾位師長的堅持下，這樣持續多年的事件才被揭發出來。感同身受的Me

Too，真的很重要。

美國黑人人權鬥士馬丁・路德・金恩說：「社會最大的悲劇不是壞人的囂張跋扈，而是好人的過度沉默。」

「#MeToo運動」在臺灣方興未艾，但仍有太多未受到安慰的受害者，仍然等待正義的果陀。若讀者本身曾經受害，或是知曉周圍朋友有受害經歷，可搜尋衛福部保護服務司網頁，查詢遭受性侵害的處理流程，例如：不要換衣物、立即到醫療院所診療驗傷、蒐集證據等重要原則。在處理過程中有任何問題，都可以直撥二十四小時保護專線113，得到專業的協助。

延伸思辨練習

讀完本文，想邀請讀者一起做下列的思辨：

1. 當周遭發生不公不義的事件，你覺得自己有義務舉發嗎？
2. 你覺得舉發一件不公不義的事情，需具備哪些知識？可以向哪些單位或長者求助？要如何伸張正義，又能保護自己？
3. 若要在網路上提出「網路自警行為」，去揭發某些人，你會小心求證，謹慎用詞，甚至請專家審視，以免觸法嗎？

歷史第一章教什麼——歷史的用途和史料批判

文——吳媛媛

還記得以前讀高中時，歷史課本第一冊第一章，是關於華夏人類起源，學習內容包括了在中國境內發現的北京猿人、山頂洞人，以及華夏史前文化。這一章向來不是考試的重點，我囫圇吞棗的背下，在懵懂中認定了北京猿人就是中國人的起源。

瑞典高中歷史也教人類起源。在課堂作業裡第一個題目是請學生說明關於人類起源，「多地起源說」和「單地起源說」有什麼不同？它們各自以什麼研究為理論依據？第二個題目是一張世界地圖，請學生根據「單地起源說」，描繪現代人祖先從非洲遷徙到世界各角落的路徑。

從一九九〇年代以降，考古學、遺傳學因為DNA技術的演進，達成許多重大的突破。曾經歐洲人很想相信高加索人擁有自己的祖先，華人也想相信我們是「龍的傳人」，但是在科學驗證下這些學說一一被推翻，現代人類來自非洲的理論已經被多數學者接受。而我查了一下現在的臺灣高中歷史課本，許多版本乾脆跳過了北京人、山頂洞人、智人等關於史前「人類」的闡述，直接從華夏和世界的史前「文明」為切入點開始第一個章節。

我們的祖先是誰？從何而來？世界上各種族的起源為何？人種之間的差異多大？這些知識又是怎麼產生的？教授史前史，可以讓學生背誦許多史前文化的名稱；也可以跟隨近代歷史學者的腳步，去探索世界人類的起源和分布，挑戰學生的史觀和對世界的既定印象，了解這些學說如何和國族、種族意識交互影響。同樣的知識在眼前，教法可以這麼不同。

事實上，關於史前時代和人類起源的章節，在瑞典的歷史教科書中是安排在第三章。歷史課本翻開來，第一章是談歷史的本質，第二章講的是史料批判。

學歷史之前，先問「歷史」是什麼

瑞典高中歷史課本的第一章是關於歷史的意義、用途和風險。一開頭先說明了「過去」和「歷史」這兩種完全不一樣的概念。「新聞」並不單單是對「事件」的紀錄，同樣的，「歷史」也不單是對「過去」的紀錄，而是各代史家用他們的觀點和需求來為「過去」賦予意義，成為歷史。相較於探索客觀世界的自然科學知識，我們在歷史課學的「歷史」可以說是一種相對人造的、充滿意圖的知識。

說到這裡，很多歷史老師問班上的同學：「你覺得你們是維京人嗎？」這時有同學很肯定的點點頭，也有同學歪著頭陷入沉思。歷史老師又問：「維京時代大約是什麼時候？」這個問題只要是對歷史比較有興趣的同學都能回答：「公元八世紀到十一世紀。」歷史老師說：「沒錯，那你們知道，『維京時代』這個詞是什麼時候開始出現的嗎？」同學開始議論紛紛，還有人問：「維京時代不是維京人自己取的嗎？」

後來答案揭曉，維京時代這個名稱是在十九世紀才被正式「發明」出來的。「維京時代」和歐洲的「中世紀前期」大致上是重疊的，也就是說瑞典當時的歷史學家只是把「中世紀前期」換了一個稱呼。那他們為什麼要這麼做呢？在十九世紀初拿破崙引發的歐洲戰亂中，瑞典王國一邊遭俄國占領了芬蘭，一邊從戰敗的丹麥手中得到挪威。北歐幾個兄弟國在幾個世紀的互相征討下，到此時已經分崩離析，加上民族主義的興起，各國人民都開始鼓吹獨立的民族政府。在這樣的時代背景下，剛得到挪威的瑞典王國亟需彰顯斯堪地那維亞的同質文化認同感，希望有朝一日能夠建立起斯堪地那維亞王國的榮耀。

當時瑞典的知識分子回溯歷史，跳過以往幾百年的手足相殘，不斷往前翻，終於找到一個幾乎沒有歷史記載的前中世紀時期，決定善用它的空白，來刻劃出象徵斯堪地那維亞共同體的黃金時代，這就是「維京時代」的誕生。

現在關於維京時代的論點和敘述，有很多是由傳說和想像交揉而成，並沒有史實根據。當人民想要民主，歷史學者就塑造出「維京文化」崇尚民主平等的形象，當各國民眾崇敬各自的民族英雄，歷史學者就塑造出通用於各國的維京英雄。

「是不是很方便？」聽到老師這麼問，大家都笑了。其實「維京時代」的例子一點也不特別，在當時，歷史的一大用途就是左右和凝聚人民對宗教、國家、民族的想法。許多很有群眾魅力和說服力的政治人物都善於此道，例如希特勒，就經常在演說和宣傳中強調德意志民族的古老歷史淵源。

歷史有許多「用途」，同時也有遭到「濫用」的風險，空泛的歷史符號可以很快的凝聚認同，同樣的也能凝聚仇恨。身為讀歷史的人，我們首先必須意識到這一點，學習用謹慎的眼光去看待被人創造出來的歷史知識。

史料批判

瑞典歷史課本的第二章談的是史料批判。檢視史料的原則和檢視資訊來源的四大原則相同，分別為：一、時間點原則；二、第一手原則；三、可信度原則；四、傾向原則，只是在歷史課本上，檢視的對象成了史料。

這個章節提醒學生史料檢視的原則和重要性，而接下來的每一堂歷史課則都是檢視史料的練習。比方說在談到基督教歷史時，老師給同學兩段《新約聖經》裡關於耶穌治療病人事蹟的記載，一段從《馬可福音》中擷取，一段則是《馬太福音》的片段。題目說：「根據研究指出，這兩段記載都是在耶穌受難後完成，而《馬太福音》又比《馬可福音》晚了約三十年。現在請以這個研究結果為出發點，用史料分析的『時間原則』來解釋這兩段記述的異同。」如果學生們理解史料分析原則，應該能以歷史記載的時間點來論述這兩段耶穌事蹟的可信度、相互依賴性，以及撰寫人的傾向。比方說，比較晚寫成的史料雖然離實際歷史事件較遠，但經常有更詳細或誇大的情況，由此可以判斷出撰寫人的目的傾向等等。

在談到傾向原則的時候，歷史課本有個插圖我覺得很有意思，照片裡是IKEA創始人坎普拉（Ingvar Kamprad）手上拿著一本IKEA的廣告型錄。插圖旁邊的文字敘述：「當一個企業寫自己的企業史時，會讓人很難分辨這到底是企業史，還是這家公司的廣告。當政治人物、組織描寫自己時，也是同樣的情形。」

近代史豐富的紀錄和資料為史料檢視提供了很好的教材，比方說阿達倫事件（注），就是一個很好的範例。阿達倫事件發生之後，當時的政府、軍隊和各工會、政黨都透過媒體發表報導，不同立場的報導對阿達倫事件的描述完全不一樣。有的報導說勞工手上拿著槍，有的報導說勞工對軍隊開槍，在另一方面，偏工會媒體則表示勞工手無寸鐵，還有報導說當時軍隊長官拿槍指著士兵的腦袋，逼士兵開火。各種加油添醋、戲劇化的報導，讓人看了眼花撩亂，學生必須學著從媒體性質和撰寫者的取向去判斷其中的可信度。

阿達倫事件還有一個很動人的插曲，那就是在當天的遊行隊伍中，有個曾經在瑞典軍隊服役的小號手，走在遊行隊伍最前頭演奏音樂。就在情勢一觸即發，軍方開始向民眾射擊時，這位小號手在槍火中拿起小號不斷的吹奏他以前在軍隊學會的〈停火令〉，一共吹了二十一次。據說當時很多士兵誤信了他的〈停火令〉而停止射擊，也就是說如果沒有他，也許當天死傷人數會更多。這位小號手很清楚以平民身分吹奏軍令是違法的行為，後來他受軍法審判，所幸得到各方幫助而沒有遭到刑罰。今天這位小號手已經近九十歲，仍然在工會中活躍。

這段插曲後來也出現在各種以阿達倫事件為背景的小說、電影中，為眾人所傳頌。然而在歷史課上，歷史老師和學生一起在國家圖書館和資料館查找關於這段插曲的目擊資料，以及後續軍法審訊的紀錄，過了一陣子學生們會察覺，關於這段插曲的史料來源只有一個，那就是出自這位小號手阿雷斯朋（Tore Alespong）之口。

面對這樣的史料，我們應該如何看待？歷史老師說，他很願意相信阿雷斯朋真的吹奏了〈停火令〉，也很尊敬他的勇氣，但是這對阿達倫事件產生的效果和後續的發展，是否真如他本人說的那麼戲劇化，在更好的證據出現之前，我們必須在心裡有所保留。在讀歷史的時候，我們常常會很想相信某些事，或是不想相信某些事，澈底

注：一九三〇年，瑞典阿達倫鎮上的三千多名阿達倫勞工，因當地木材製漿廠削減工人薪資，工會與廠方談判未果，發起罷工。一九三一年五月十一日，龐大的罷工遊行隊伍，前往軍隊防守的港口示威，遊行隊伍與軍方發生衝突，軍方朝著手無寸鐵的勞工們開槍，造成五名勞工喪生。

檢視史料，是讓腦袋冷靜下來的好方法。

過去已經發生了，但是歷史詮釋是流動的，在開始正式上歷史課之前，學生必須先記得要不斷去質疑課本上的知識，要檢視史料，另外，還要試著從唯物、唯心史觀，從歐洲中心、國族中心，從女性、勞工、原住民等角度去看待歷史，才能避免被寫歷史的人牽著鼻子走，被錯誤的信息誤導，或是陷入單一視角的窠臼當中。

本文摘自吳媛媛，《思辨是我們的義務：那些瑞典老師教我的事》，二〇二一，奇光出版。

淇華老師的思辨訓練營

別被寫歷史的人牽著鼻子走！

嘉義有吳鳳廟、吳鳳路、吳鳳科技大學。筆者小學時，也在國語課本裡讀過犧牲自己，以革除原住民獵人頭習俗的吳鳳故事。然而根據後來歷史學家的考證，發現「吳鳳身穿紅衣、騎白馬，捨身取義」的故事，很多部分是被捏造的。

歷史學家比對鄒族口述歷史、傳統文化，發覺吳鳳的故事在清代、日本，以及國民政府的「有意識政治宣傳」下，不斷偏離真實。依據考據資料，在一八五五年劉家謀的《海音詩》及其附文中，僅提及吳鳳是為了幫助兩處漢人鄉民逃離，並未提到教化原住民。

如同本文作者吳媛媛的提問：「是不是很方便？」是的，捏造歷史，真的是達到政治目的最方便的手段。例如過去民智未開，黃帝、漢高祖劉邦的出生，都會被捏造成與龍有關。隋文帝楊堅出生時，則被記載產房內紫氣縈繞，剛出生便頭生龍角、身長龍鱗，並且手中有天然的「王」字。這對控制民心非常方便，因為華夏人民自稱為「龍的傳人」。

吳媛媛老師告訴我們，歷史的第一章應該學「歷史的用途和史料批判」，因為一旦我們相信這些「別有所圖」的歷史，我們可能會成為仇恨，甚至是殺人的工具。

吳老師在本文中教我們檢視史料的四大原則，前三大原則可經由交叉比對，慢慢釐清。

然而，最難檢測，也最容易操縱人民的，是「傾向原則」。

例如示威抗議時，政府只釋出警察被民眾打得頭破血流的畫面；民眾只釋出警察打人的鏡頭。電視裡的畫面都是事實，但因為「選擇傾斜」了一邊，導致事實變成最大的謊言。從二戰、南斯拉夫內戰、到烏俄戰爭，我們都看見政客如何利用歷史，最後導致生靈塗炭的戰爭。

臺灣是移民社會，歷史上每當有新移民進入，或是政權交接時，就會產生各種流血衝突。而每到選舉前夕，不同政黨就可以挑選對自己有利的歷史片段，不斷在「立場偏頗」的媒體釋出，試圖挑起對立，得到選票。

歷史是現在與過去的永恆對話。我們需要真確的歷史，但別忘了，歷史常是勝利者與掌權者書寫的，就像胡適博士形容的：「是一個很服從的女孩子，她百依百順的由我們替她塗抹起來，裝扮起來。」裝扮成「服務當權者」的歷史。作家喬治・歐威爾在其作品《一九八四》曾如此描述「歷史的可變性」：「誰能控制過去，就能控制未來；誰能控制現在，就能控制過去。」

切記，一旦知識分子無法客觀讀史，就是歷史再度為政治、為極權服務的開始。

延伸思辨練習

期待讀完本文，讀者可以一起做下列的思辨：

1. 你讀歷史時，會思考這是誰寫的嗎？
2. 你曾「客觀懷疑」自己接受的歷史教育，以及思考歷史課本背後想達到的目的嗎？
3. 你願意在閱讀到一段歷史後，再多方閱讀，交叉比對，去「整建」自己的史觀嗎？

Chapter 4

未來的思辨

思辨與提問，帶領國家走向更好的未來

「二十一世紀是ＡＩ的世代，但創造性的、有彈性的、人性化的工作，機器人是辨不到的，他們的差異在於人類有『大腦』。」——洪蘭（中央大學認知神經科學研究教授）

二〇二二年底ChatGPT橫空出世之後，許多專家斷言，人類的多數工作將被ＡＩ與機器人取代。如同希伯來大學歷史學教授哈拉瑞（Yuval Noah Harari）在《二十一世紀的二十一堂課》中所言：「可以自我修正的ＡＩ（Artificial Intelligence，人工智能），將使得『無用階級』日益龐大。這可能就像是十九世紀馬車變成汽車的情況再現，當時有許多馬車司機轉業成為計程車司機；只是我們可能不是那些轉業的司機，而是被淘汰的馬！」然而，我們不用悲觀，因為新科技也會帶來新機會。

以筆者為例，在上個世紀末，手機與電腦還未普及的年代，與外國姐妹校溝通，要靠越洋電話與傳真機。但現在每天上班，九成的時間，都是對著電腦。與國外聯絡，也有免費的視訊軟體，隨時可溝通。

二十年前開社區管委會時，必須面對面會談兩個小時，但這兩年，筆者擔任主委，所有的議題都先在LINE群組提出討論，每個月只需開十分鐘的線上會議，通過議案即可。過去指導七個學生社團與寫作時，必須面對面，現在一支手機就能搞定。我發覺新的工具，可大幅提升工作效率，甚至還有國外學生要求線上付費學習，這是以前從未出現的商機。

在過去，電視只有三臺、報紙只有三大報的年代，只有少數的名人可以擁有話語權。然而在二〇一〇年筆者加入臉書之後，才驚覺「去中心化」、「人人可以影響世界」的後現代已經來臨。例如原本默默無聞的自己，晚上寫篇文PO上臉書，隔天可能就有上萬人按讚分享；隨手寫首歌，放在網路，隔天許多電視臺都會播放。也因此，身為一個停筆二十年的中年素人，竟然可在不到十年內，完成了出書、文章收錄國文課本、幫助二十個弱勢團體募款超過一千萬等目標。

現在有了 ChatGPT，我只要輸入關鍵字，就可以在五分鐘之內，生成一個企劃案，再根據經驗除誤，花五分鐘修改，十分鐘就能完成以前必須花五小時完成的工作。所以若能主動學習、不怕新工具，不僅不會被淘汰，工作的效能還能大幅提升。

成大資工系蘇文鈺教授表示：「未來是年輕人的戰場，要訓練 A I 搶不走的實力。我們幼年所學的基本功，就不要再講授了，但『不懂還不知道問』的學生，最終只是會抄而已，這樣的學生不是等著以後沒頭路嗎？」

ChatGPT 只是工具，它給的答案，靠的是人類的提問，當我們的「問題意識」還不成熟，我們就問不出有高度的提問。但提問最難，沒有經過大量實作、思辨，不可能創造出「有品質」的提問。如同洪蘭教授分享「面對二十一世紀的挑戰」時，強調創造性的、有彈性的、人性化的工作，是機器人辦不到的。他們的差異在於人類有

「大腦」，這個大腦，就是在「思辨後提問」的「創造腦」。

因此，本章節的前四篇文章著重於探討「主動發問」與「終生學習」。最後一篇文章則介紹美國的開國元老，如何以無私的心，為一個新的國家，奠定未來兩個世紀的成功基礎。就是期待新生代讀者，不僅可以靠主動學習，站穩這個時代，還能夠學會政治的思辨，帶領自己的國家，走向未來充滿挑戰且正確的道路。

為何臺灣的大學「任你玩四年」？

文——李淑菁

有一位國一導師，是家長們公認的「名師」。「名師」也非浪得虛名，他教學非常認真，不只自己教授的科目要學生一直寫評量，連其他所有科目的評量，也要求學生都要買，當然也都要寫。在跟學生對答案的時候，只有廠商提供的標準答案是對的，多一個字、少一個字都不對！提早寫完評量的學生，不能看課外書，只能呆呆的坐在教室裡。

老師很嚴格，因此上課時也沒有人敢說話，只敢乖乖的聽課。朋友說：「班級秩序非常好。」更有趣的是友人任教的學校老師們聽到這情況，「非常羨慕」——羨慕該師能夠營造出這麼棒的學習環境！

突然想到我在芬蘭認識的一位臺灣教育所學生，八月到芬蘭的學校觀摩英語教學。看完第一個學校，她說：「班級秩序好像不太好，有點吵！」

的確，這位臺灣「名師」是一位認真、奉獻且負責任的教師，我們可以看出他對學生的用心，他可以早一點離校、樂得輕鬆的；但他選擇一條辛苦的路，對學生的嚴格，來自於老師對於他們美好未來的期待，也是對下一代臺灣負責任的公民素養。

對於這樣的老師，我們感佩他們的用心。但我們再把場景拉到十年、二十年後，或許你會有不同的評斷：標準答案、班級秩序非常好、學生很會考試等，這些「名師」要件所換得的代價可能比你想像得高很多。換言之，當你很「認真」的「做好」自己認為「好老師」應該做的每一件事，但拉長時間軸、生命的廣度與深度來看，或許你畫錯重點了？

開始在教室中不講話

聽到「名師」故事的同時，我也接到一封來自學生、很長的電子郵件。我在課程中會一直強調自主學習、彈性、思考與探問的重要性，而該名學生分享了她如何開始在教室中「不講話」的過程。她寫道：

其實我國小的時候是一個很愛發問的人，我印象很深刻的是，剛上國中的時候，就被老師制止，上課不要說話，然後越長越大，就越不敢發言，即便其實腦袋還是像以前一樣有很多想法，卻開始擔心老師怎麼看我，到上了大學，更擔心同學怎麼看我，會不會覺得很無腦……好幾次老師上課問，有沒有人要發言的時候，我其實都好想說話，但心魔那關都還沒過，我卻感受到自己一次一次的想要提出看法！

集體慘白的青春歲月

我問許多學生：你們什麼時間開始在課堂中不講話？許多人說「國中」。不管教育政策如何改變，部分學生的中學生活似乎沒什麼改變。以下是一位師培學生以「讀書是種強迫症」為題，描述他的中學生活：

基本上，我的中學生活都在某種程度的自我封閉中度過，從國一開始，我就一直孜孜矻矻的念書，也沒有很多娛樂或社團經驗，整整六年，我的青春幾乎是空白，現在回想起來還真有點難以相信。為什麼會這樣？我覺得可能是當時聽了太多弱勢靠讀書翻身的樣板故事所致，我記得現今流行的「陸生神話」在當時就已出現，更別提臺灣早年一個個拿高學歷榮耀家庭的故事（從陳前總統到我自己的姑姑）。

我不知道為什麼每次在媒體裡，或生活中聽聞這些故事，就會莫名的激動起來，產生一股幾乎強迫式的心理壓力，覺得我一定要像他們一樣，我要出人頭地，所以要拚小命念書。我想像自己在扮演一位一九五〇年代穿著白汗衫、理著光頭的小小農村資優生，國中生應有的叛逆根本不存在。我只是想著一定要讓自己苦一點，未來才能過得「幸福」一點。

奇怪的是，我的家境並無特別困難，沒有迫切的脫貧需求。除了我以外所有的人，包括老師、同儕、父母，從來沒有要求我做到這種地步，因此都覺得我有點問題，可是他們又拿不出辦法。我就這樣獨自奮鬥了六年，到大學才慢慢解除這個心結。當時之所以萌生當老師的念頭，是想別讓未來的孩子像我一樣被某個「東西」造成的壓力所迫，為了成功念書念得那麼苦。

去年在師培中心開「教育社會學」課程的期末作業，我要求學生以教育社會學理論，分析教育現象、問題或個人的教育歷程與經驗。打開一個又一個檔案，我看到了傷痕累累的教育歷程在學生身上的痕跡，那是一段集體慘白的青春歲月。

對於成績優異者，有無限的壓力要更優異或保持優異；對於不擅學業表現的學生，因為在學校不被看見，處於一直被否定的過程，以致對學校或學習這件事，產生負面的連結，於是痛恨學習知識。不管成績表現優良或不擅學業表現的學生，在教育歷程中，都在挫敗的傷痕裡，逐漸失去一生中最重要的終身學習能力。

為何臺灣的大學學習變成「任你玩四年」？

帶著中學六年挫敗的傷痕，大學生活成為救贖、舔拭傷口以求復原的階段。豐富的社團生活，自主決定的課表，不再有老師每天對你早點名，不再有每天寫不完的考卷。於是你可能開始睡到自然醒，好像是要彌補過去六年來的睡眠不足；你不再看書，因為不必考試了。你也習慣在教室中不發言、不思考、不行動，因為中學六年來都是如此被要求，反正只要考出好成績就好。

作為大一新鮮人，有人開心可以「做自己」，念自己有興趣的東西，「玩樂」成為過去慘白學習生涯的救贖。當然，也有些新鮮人開始感覺「生活很空虛」，再也沒有導師隨時盯梢，失去了「明確的目標」。這些進到大學反而感覺空虛的學生，要思考是否中了「現代科學」的毒太深？

如果中學生活能夠像大學一樣

我從不否認「玩樂」在生命中的價值，「玩樂」本身是有意義的。我的大學生活即是在玩樂中開心的學習，因此對於大一新生，我總不忍一下子給太重的讀本，但很重視以更多的實作，彌補他們以前較少被開發出來的能力。

西方許多國家的大學生活圖像跟臺灣很不同，那也是因為我們有著很不同的中學生活圖像。想像如果臺灣的中學生活能夠像大學一樣：自由選課、自主決定，學生就能帶著對知識的熱情與渴望進到大學殿堂。這除了制度上的變革，也需要家長、老師、學生一起從翻轉「名師」的意義做起。

嚴格，不代表標準化跟標準答案，有時只是呈現出教師的害怕：害怕教室失控、學生失控、害怕被問倒，因而落入慣用的管教或教學模式中。

我暑假進到芬蘭教室觀察，發現芬蘭中小學老師也很嚴格，樹立一定的班級規範，例如要仔細聆聽每一位正在發言的人，包含老師。但教師很願意開放任何的討論與創意性的答案，這也是學生願意繼續發言的原因。

發問，是思考的開始；思考，是改變的契機！如果臺灣想要真正經濟轉型，如何培養能夠批判性思考、不盲目從眾的下一代，是教育要認真思考的議題。

本文出自李淑菁《獨立評論——高等教育專欄》，二〇一六。

淇華老師的思辨訓練營

好奇與發問，是知識的起源

國立政治大學幼兒教育研究所李淑菁所長的這篇文，提出一個值得深思的問題：「你們什麼時候開始在課堂中不講話？」

這個提問，其實關係著一個人，甚至一個民族長期的發展。

筆者到臺灣的小學做分享時，學生總是勇於發問，但在高中授課時，學生總是怯於發表自己的意見。反觀我在新冠疫情前，帶學生訪問德國漢諾威的「國家能源中心」時，該中心的研究員表示，德國已經投入兩百多億歐元，與非洲大裂谷的五個國家合作，要開採地熱發電，為的是要讓德國往後一百年，能源不虞匱乏。研究員一講完，一位德國學生馬上舉手：「如果這五個國家與我們斷交，那這兩百多億歐元會不會付諸流水？我們政府要如何因應？」

我到德國姐妹校的六個班級觀課，發覺所有班級的學生，都會主動舉手發問。「一堂課結束前，如果你不發問，同學會覺得你是笨蛋。」雙語地理課後，一位八年級的學生如是告訴我。

德國姐妹校校長說，教育的目的就是要讓學生勤於思考、勇於發問，所以他們考核一堂課時，若發現老師無法讓全班每個學生舉手發問，這堂課就失敗了。

大學同學 Jean 在加州辦理簽證工作，她對臺灣人的「不好意思發言」有感而發：「美國的高科技人才工作簽證（H1-B），有一半是發給印度人，剩下一半才由世界其他國家瓜分。而臺灣人拿到的比例，一直在下降中。印度工程師多半比臺灣工程師敢發言、敢要位置，他們不會覺得『不好意思』。」

幾年前訪問矽谷時，一位臺灣主管有感而發：「印度的教育，從中學開始，就很少考選擇題，他們的評分是看學生的分析與推論能力，還要求學生學會如何清楚表達意見，如何快速切入重點。反觀臺灣工程師在開會時，總是『不好意思』開口，所以許多升遷機會，都被印度工程師搶走了。」

特斯拉創辦人馬斯克說：「問題比答案難找，會問問題的人，才是未來世界需要的人才。」

好奇與發問，是知識的起源。若我們不想在大學浪費光陰，若我們想要在「終身學習」中與世界接軌，切記：學問、學問，學習怎能「不好意思」發問？

延伸思辨練習

讀完本文，想邀請讀者一起做下列的思辨：

1. 你會對生活中的種種好奇提問或尋找相關資訊嗎？
2. 你曾在提問中建構知識，因而養成自主學習的習慣嗎？
3. 你會在自主學習中，慢慢理解知識的分類，進而找到未來想研讀的科系，或是想從事的行業嗎？

創意不是刻意！解決問題要先學發問和有同理心

文——蔡立勳

刻意而為的創意不算創意，「創意」與「思考」本身就是兩回事，而一旦停止思考、不敢積極嘗試，就更不可能有創新產生。看臺大如何設計課程，化解臺灣學生本能想追逐標準答案的反射動作？

若你是位設計師，要替獨居長者設計家居用品，腦中第一個想法是什麼？

「有工學院學生想做輕易上下樓梯、可任意行走的購物車；但是我請他先去觀察需求，」臺灣大學副教務長、機械工程學系教授詹魁元說，「他發現不太需要。」

經過觀察，長者因為力氣較小，需要有人協助，反覆把較重的物品放進冰箱，

「這反而比購物車重要。」詹魁元說。

像這樣透過實地觀察、訪談使用者需求，找出真正問題，是臺大創新設計學院課程的最大特色。

創新設計學院成立於二〇一五年，是個培養學生具有創意思考、實作、分析、溝通等核心能力，以解決問題為導向的平臺，課程不只由跨學院老師開設，也跨校、跨國合作。

攤開創新設計學院這學期的二十三門課程，包含互動設計人因基礎、服務設計全球創新的原理與實踐等，關注不同面向，核心卻都是解決生活中的實際問題。

臺灣大學創新設計學院簡介	
執行長	陳炳宇
學院特色	多數課程選課時，學生需回答授課老師提出的問題，作為篩選依據；課程分為核心概念、實作能力、解決問題、國際與企業專題四大課群，強調實地訪談、觀察與實作能力的建立。
學習成效	培養學生從同理開始，找出真正問題，跳出舒適圈，挑戰常規，與來自不同領域的人碰撞，不斷思考，提出解決方案。

詹魁元解釋，創意與思考是兩件事，創新設計學院不刻意強調「創意」，「只要思考脈絡頻繁、願意嘗試，創意就會出來，而不是刻意產生創意的點子。」他說。

但想選上創新設計學院的課並不容易。以專案計畫助理教授黃書緯所開設，限收三十人的「設計思考入門」為例，錄取率僅十分之一。其他課程的選課人數，大多也是上課人數的三、四倍。

選課門檻不僅僧多粥少，還要經過重重考驗。老師為顧及學生組成的背景、個性多元，會以問卷作為篩選標準。

詹魁元曾開設一門交通創新的課，學生選課時必須回答最常使用的交通方式與原因，以及最心煩的交通問題。

學會發問、練習同理

這麼做是因為臺灣傳統的教育方式，並不鼓勵多元討論與思考，接收制式問題並拋出標準答案，成為每個人的反射動作。

「對學生而言，比較難的是問問題，他們不太會發現問題本質。」創新設計學院執行長陳炳宇說。

想找出需要被解決的問題，學會「同理」是關鍵。詹魁元強調，對使用者並不困擾的生活場景，常因旁觀者的誤解、想像，被認為是問題，所以要先同理。

曾與衛理女中「外雙溪學」課程合作三學期，由創新設計學院助理教授黃書緯開設的「教育創新與社會設計」，跳脫地方課程多是爬梳歷史記憶的框架，轉而探討防災、食農教育等更面向生活的議題。

「過去談防災教育都是演練，很多老師都不覺得防災教育跟自己有關係，可是地方不是沒有遇過災難。」黃書緯說。

這門課先透過議題討論，讓臺大、衛理學生有基本知識、背景，再一起訪談社區居民對災害的感受、如何面對災難等，了解實際需求，拓展問題深度。

學期最後六週，由遊戲設計公司聚樂邦引導學生，將複雜的田野紀錄設計成實境遊戲，成為高中生課程教案，讓學生從解謎中，學到防災知識、在地經驗。

但陳炳宇也發現，有些學生往往很難跨出內心的坎，去了解實際問題和需求，一味堅持自己的想法，是創新設計學院課程執行上的較大難題。

這也是學院堅持招收跨院系學生的原因。唯有透過與不同領域的同學聊天、溝通，甚至吵架，才能促使每個人打破既有框架思考，從差異中學習，「這可能比他做出東西更加重要。」

一如經濟合作暨發展組織（OECD）教育與技能主席史萊賀（Andreas Schleicher）所說，倘若希望學生創意思考，「就必須給他們空間去嘗試、去犯錯。」

創新設計學院的最終用意，即在於跳出校園的邊界，給予學生設身處地的可能，提出一套思考邏輯，以解決更多學校以外的問題。

本文出自蔡立勳《天下雜誌七一〇期》，二〇二〇。

淇華老師的思辨訓練營

創意是解決問題的能力！

由美國蘋果、思科、微軟、戴爾電腦等公司共同創立的「二十一世紀關鍵能力聯盟」（Partnership for 21st century skills，簡稱 P21），在思考該如何學習，探討哪些技能是時代必備後，提出本世紀最需要的是 4 C 能力，即 Critical thinking 批判性思維、Communication skills 溝通能力、Collaboration 團隊協作、Creativity and innovation 創意與創新。

「二十一世紀關鍵能力聯盟」主張，面對科技快速發展，職場與工作的規則瞬息萬變，只有想到別人想不到的創新能力，才能不居人後。

創新需要創意。然而臺大詹魁元教授強調：「創意與思考是兩件事，創新設計學院不刻意強調『創意』，只要『思考脈絡』頻繁、願意嘗試，創意就會出來。」詹教授提出的「思考脈絡」一詞，就是近年來最流行的「設計思考」（design thinking）。

如同美國知名設計公司 IDEO 執行長提姆．布朗（Tim Brown）在二〇〇九年的 TED 演講中提出：「設計思考是一個『以使用者為中心』（human centered）的方法。」也就是說，必須跳脫工程師的技術思維，讓被服務者都一起參與，一起討論，做出初步的原型設計，再一起根據他們的需求與建議去做修改。接著經過不斷的測試後，做出可行的解決方案。

本方法的創始者，IDEO 創辦人大衛．凱利（David Kelley）建立起「設計思考」的五步驟：

一、同理（Emphathize）：同理思考使用者的需求。

二、定義（Define）：定義出問題的關鍵。

三、發想（Ideate）：邀請被服務者加入，一起發想。

四、原型（Prototype）：製作出初步的原型。

五、測試（Test）：不斷測試，改良出符合使用者需求的成品。

IDEO 利用「設計思考」，已幫助缺乏資源的印度醫院，將原本要價美金兩百元（約臺幣六千元）一對的白內障人工水晶體，降低到民眾能負擔的美金四塊錢（約臺幣一百二十元）一對。也幫助美國的四十家醫院，透過彼此交換意見，設計出僅用一個簡單的軟體，就改善了護理人員的排班制度。

腦神經科學家洪蘭表示，創意是神經迴路的新連結。然而，要創造這個連結，需要「設計思考」的方法，更需要願意去解決問題的責任感。

提姆．布朗的最大夢想，是透過設計思考，經過「有邏輯的共同參與」，將設計者的工作，交到所有人的手裡，最後成就一個福利國家。

延伸思辨練習

讀完本文，想邀請讀者一起做下列的創意思辨：

1. 一一一年學測作文題目，希望考生思考銀髮族身體及心理的需求，為銀髮族設計一個旅行。請問你在擔任幹部時，會同理其他同學，思考他們的需求嗎？

2. 遇到問題的時候，除了空想之外，你會願意挽起袖子去動手解決嗎？

3. 請問你遇到問題時，會努力去嘗試、去犯錯，甚至勇於向師長請益，在錯誤中學習嗎？

未來有百分之八十五工作尚未出現！怎麼學，才不會被加速淘汰？

文——張毓思

戰爭、氣候、科技、人口劇變，舊知識已不管用，學習不再是紙上談兵的未來式，而是此刻生存必須。當顛覆式衝擊成常態，「學用落差」怎麼解？育才思維勢必改變，要成為變局新人才，必備三大特質。

這是個無法再仰賴經驗與成見的時代。

過去兩年多，世界因疫情止步，綿密的國際供應鏈與航道停擺，辦公室與教室人去樓空，所有的人類活動都被移往了雲端。正當我們以為，疫情只是個遲早要落幕的插曲，緊接著戰爭卻爆發了，國際社會一分為二，彷彿回到冷戰時期的劍拔弩張。

所有的不可能，今年都化作了可能。曾經，學習就像是一張前人所繪製的地圖，清晰描繪了世界的輪廓，所有路徑只需按圖索驥。

然而在二〇二二年，所有人都在摸黑前行，沒有人能夠辨識前方的地景，學習成為一個開放式的羅盤，前人的知識只能當作參考，必須由我們自己去探索這個未知的新世界。

學習，不再只是「硬」道理，更是此刻生存的必須。

越變動越要學！學習三趨勢關鍵數字

個人	二〇三〇年的工作高達百分之八十五尚未出現，持續學習轉型是唯一道路。
大學	過去三年，美國有百分之四十八企業與大學產學合作，攜手養成人才。
企業	栽培員工自己來。LinkedIn 調查，百分之四十八企業預期今年的學習發展經費會成長。

（資料來源：IFTF、Wiley University Services、LinkedIn）

顛覆式衝擊成常態——戰爭、氣候、科技、人口：四巨變威脅生存

「未來的變化又急又猛，教育必須做出回應。」經濟合作暨發展組織（OECD）教育與技能主席史萊賀（Andreas Schleicher）在「二〇二二年形塑教育的趨勢」中指出，疫情彰顯了未來的不可預測，這種顛覆式衝擊將不再是例外，而是未來的常態。

面對不可預測的世界，我們並非毫無選擇。史萊賀相信，面對極端風險的未來，教育是培養韌性與創新的最佳工具。結合 OECD 與世界銀行的預測，我們未來將面對戰爭、氣候、科技與社會人口等至少四個面向的巨大衝擊。

首先是氣候變遷的威脅無所不在。聯合國政府間氣候變遷專門委員會（IPCC）的第六次評估報告指出，溫室氣體排放必須在二〇二五年以前開始減少，才能避免不可逆的氣候災難。但是，按照現行速度，改變仍緩不濟急。

其次，科技正在衝擊產業與生活常態。中華企業經理協進會理事長羅達賢觀察，科技的衝擊在臺灣已經顯而易見，數位轉型成為企業主管學習與進修的重要動

力。「外在環境逼著企業不得不學。」羅達賢指出，企業過去習慣的零售、行銷甚至是存貨管理方式，都必須打掉重練。

第三，我們將面對一個更動盪的社會。地緣政治學者與作家科納（Parag Khanna）預測，全球人口成長即將達到頂峰，未來年輕人口的流動決定國家的興衰。移民更將重塑社會的樣貌，帶來都市化與多元化的衝擊。

臺灣社會同樣面臨重大的人口轉捩點。根據國家發展委員會推估，臺灣的工作年齡人口數（十五至六十四歲）已在二〇一五年達到高峰，往後將逐年減少（詳如下頁圖）。相對稀缺的勞動力，以及更仰賴外國移民的未來，注定成為新的現實。

最後，戰爭正在重譯世界局勢，並改寫產業遊戲規則。二〇二二年初的烏俄戰爭，先是敲響了全球化的警鐘，緊接著中美衝突加劇，更深化地緣政治的風險。

過去唯成本是瞻的企業，現在不得不重新審視國際布局，將地緣政治列為首要的風險考量。世界銀行報告更指出，烏俄戰爭將對國際食物、能源市場、物流網絡與供應鏈等面向，產生根本的衝擊。

我們面對的，將是一個被地緣政治主導的全新產業常態。

學習是生存關鍵，無常新世界，人才也須推陳出新

面對一個與過往截然不同的未來，學習是生存的關鍵。然而舊的學習方式，已經無法再回應新時代的到來。

華梵大學校長林從一用「無常」來形容大學所面臨的處境。氣候變遷與高齡社會，

工作年齡人口下滑，缺工危機湧現

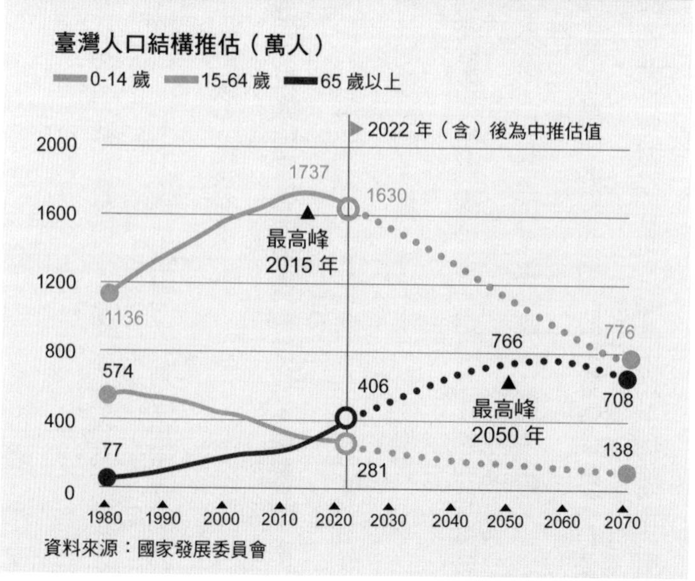

注定創造全新的人才需求，然而這些產業都還處於未來式，大學卻已經被要求給出答覆，就像是被迫在已知的此岸，與未知的彼岸之間搭建一座橋梁。

「大學應該思考什麼樣的人才培育模式，才能增加社會的韌性。」林從一過去主導「大學學習生態系統創新」計畫，目的便是協助大學推動跨科系與跨產學的創新學制，培養學生自主學習的能力，才足以面對萬變的社會。

不只是大學必須與無常共存，過去仰賴大學培養人才的企業，也須改變育才的思維。

曾在兩岸大型企業擔任人資主管、現為多家企業人力資源顧問與講師的林娟指出，無論是數位轉型或ESG（環境、社會、公司治理），都迫使企業不斷創造全新的人才需求。

因此，企業無法再一味仰賴大學培育人才，而是必須隨著環境的變化，為人才投資與發展第二專長。

「產品有第二曲線，人才的發展也需要第二曲線。」林娟形容，就像企業無法仰賴單一的暢銷產品，而是必須推陳出新創造新產品，人才同樣必須發展新技能。

自我變革——學習成為延長賽，三大必備特質：興趣驅動、能動性、終身學習

學習不再限時限地，而是人生的無限延長賽。在OECD「二〇三〇未來教育與技能」以及世界銀行「實踐未來學習」報告中，綜合描述了在變動時代，學習者必須擁有三大特質：興趣驅動、能動性（agency）與終身學習。

首先，未來的學習者應該是興趣所驅動。世界銀行在報告中指出，面對一個快速變動的世界，學校必須創造有自主學習熱情的學生。

因此學習必須符合個人興趣，才能變成快樂的體驗，並且在適當的挑戰中獲得成就感。

享受和喜悅，成為未來學習的關鍵，「當學生找到自己的熱情，他們會讓你很驚訝。」林從一猶記得，曾有大一新生以研究甲蟲為樂，他從高三開始以甲蟲為自主學

習主題，積極打工籌措實驗設備經費，即便學業成績不是最出色，卻針對土壤溼度對甲蟲孵化率的影響發表了學術論文。

林從一說，當一個人知道自己為什麼而活，你是擋不住他的。

其二，未來的學習者應該具有能動性，意味著不再是冷漠的旁觀者，而是社會的參與者。因此學習者應該意識到自己的社會責任，並且理解如何在社會脈絡中發揮自己的影響力。

「二〇三〇未來教育與技能」報告指出，能動性是學習者應對未來的必要能力。在建立個人的興趣與目標後，啟發能動性的第一步，就是賦予學習者成就個人目標的能力。

「能動性的前提，就是自由。」臺北教育大學教授王俊斌指出，除了給予學習者更複雜的技能，創造能動性最基本的方法，就是給予學習者探索與犯錯的自由。

最後，未來的學習者必須終身學習。聯合國教科文組織在「今日與明日教育」報告中強調，教育應該延伸至學校之外，成為不分年齡的學習活動。

在一個知識被加速淘汰的現今世界，終身學習更顯重要。唯有培養出能夠享受學習喜悅，以及具備能動性的學習者，終身學習的願景才有可能被實踐。

本文出自張毓思《天下雜誌七六〇期》，二〇二二。

淇華老師的思辨訓練營

利用「自我效能」，讓學習成為延長賽

這篇文章告訴我們，以二〇二二年而言，二〇三〇年還有百分之八十五的工作尚未出現！知識正被加速淘汰，我們必須具備「興趣驅動」、「能動性」、「終身學習」三大特質，才有可能迎向未來的挑戰。

我們也都知道，富蘭克林、居里夫人與賈伯斯，就是因為有這三大特質，達到一生的成就。然而要如何擁有這些特質，成為未來不可取代的「終身學習者」呢？

我認為「提高自我效能」是最好的解方。

加拿大心理學家亞伯特・班杜拉（Albert Bandura）提出「自我效能」（self-efficacy）的概念。「自我效能」跟自信程度很像，是一個人能否運用自身能力，相

信自己可以做到某些事情、達成目標的程度。

班杜拉認為高自我效能的人，面對困難的任務，較不容易避開，相信能用自己的行為來塑造未來的生活。反之，低自我效能的人，會認為生活脫離他們掌控，因而缺乏學習動機。從澳洲對理科學生的研究，也顯示自我效能高的學生，學習成績高於低自我效能者。

各種社會認知學者，投入大量研究後，提出各種提高自我效能的方法。整理如下，並提出具體可行的方法：

一、找到一起學習的朋友：

根據「社會學習理論」，人們通過觀察、模仿和建模相互學習。有朋友可觀察、模仿和相互學習，效果更好。

二、找到有回饋的目標：

根據「自我概念理論」，人們會從外部收到的線索，解釋自己的存在。若有老師或網路給予即時回饋，會更有動機學習。

三、認為自己是「尚未失敗的成功者」：

根據「歸因理論」，高自我效能的人，具備成長型思維，將失敗歸因於外在因素；低自我效能的人，會歸咎於自身能力弱，因而產生羞辱、慚愧感，導致他不願繼續學習。

四、選擇「略高於能力」的學習目標：

根據「選擇行為理論」，最佳水平的自我效能，是略高於能力的挑戰。如同「洛克定律」（又稱「籃球框定律」），我們會一直喜歡打籃球，是因為籃球框的高度設定，剛好是「略高於能力」的目標。

延伸思辨練習

讀者如果發現自己害怕學習，不妨參考以上這四個方法，讓自己成為二十一世紀不可取代的「終身學習者」。

放棄以考試為終點，才是學習的起點

文——蘇蕎

我和大部分的臺灣學生一樣，幼兒園到高中都在社區的公立學校讀書。對於習慣臺灣升學教育制度的人來說，考試最不可或缺的就是唯一的正確答案。誰能回答出更多的正確答案，就可以受到更多的尊重，或是進到更好的大學。

來到日本留學之後，雖然還是鄰近的亞洲國家，但由於英文授課的關係，班上的同學都來自不同國家，遍及五大洲。考試常常都是簡答題或是有關自己想法的問題，教授們也很喜歡在課堂上問大家的想法，而這些問題都沒有正確的答案。

已經習慣臺灣的教育制度，剛開始來的時候，我常常和其他同學抱怨，為什麼沒有一個正確的答案讓我直接背下來就好了？這樣子不是比較方便嗎？每個人都有自己的想法不是很麻煩嗎？甚至教授問到我的時候，我常常用「I have no idea」或是「I agree with others」來應對。

一段時間之後，我好像理解到臺灣教育制度所培養出來的比較像是考試機器，大家都很會考試，但當提到自己的想法或是意見的時候，大部分的人都選擇保持沉默。久了之後，這些考試綁住甚至限制我們的思考，我們只渴求正確答案，卻不動腦去思考自己的意見與真正的想法。

科技的進步，卻沒讓年輕人更有創造力？

若追求真正的學習效果，只有在認真的思考過後，或是自行想出解決辦法的模式下，即使每個人都有自己的想法會很雜，但透過討論來找到，甚至是創造出一個更好的方法。足足接受了十二年的國民教育，獨立思考真的鮮少在學校實踐。

這也許反映在升學上，幾乎所有高中生唯一的目標就是跟著學長姐、跟著同學的步伐，以及跟著父母老師的建議和期待，考上好的大學。但同時，他們甚至不知道自己想要的是什麼，或是為什麼自己要讀大學，只是順著這條大家都走過的道路走。最常聽到的就是：「你現在努力讀書三年，大學讓你玩四年！」

而這樣沒辦法有自己想法的缺陷，也限制了很多人的夢想，更失去了多元發展或是走出自己路的勇氣。害怕和別人不一樣最後就會失敗，但同時，走一樣的路也不一定會帶領我們到達成功的彼岸。

前陣子上了一堂英文課，教授提到，因為科技的發達還有各個國家普遍的升學考試（大部分是亞洲的國家），現在的年輕人越來越沒有創造力和自己的想法。這真真實實的反映了我幾乎每一堂課的情況，大部分的亞洲人選擇保持沉默。有時候不是沒有想法，而是不確定自己的想法是不是接近「正確答案」，或是害怕其他人不同意甚至反駁。

經過獨立思考得到的想法是複製不了，也是別人無法奪走甚至無法取代的。

教育，應該是讓我們學習獨立思考，學會能夠靠自己解決的方法，而不是只知道對與錯或是從四個選項中選擇唯一的正確答案。停止思考就不會有進步的一天。

英語學習十幾年，但卻沒有開口的勇氣

再者，能夠流暢的說外語的臺灣高中生還是很多，但大部分的人學習英文十幾年，在考試還有紙筆測驗上都能夠有亮眼的成績，在路上遇到外國人的時候卻變得不敢說話。我想不是因為我們亞洲人生性害羞，也不是因為其他亞洲地區以外的人比較聰明，而是我們少了練習的機會還有 speak out 的勇氣，以及學習的環境。

高中的時候，來我們學校交換的比利時學生疑惑的問：「為什麼大家都不跟我說英文？不然就是不敢說然後對我笑一笑就跑走了。」也曾經有歐洲人問我和臺灣的朋友：「為什麼亞洲人都不太會說英文？」

細聊之下，才發現他們所謂的英文課，是整堂都用英文上。回頭看看我們的英文課，老師很用心的用中文告訴我們文法只能怎麼用，哪一種句型考試會考。在教育

上，似乎還是以升學考試和學校的段考為主。學習怎麼考試、怎麼拿到好成績，卻不會運用語言，這樣不是很浪費時間嗎？

這也讓我覺得臺灣的教育好像還有很大的缺陷，在紙筆考試和文法運用上有完美的表現，卻無法把這些優點和能力轉換和運用到現實當中。

教育的成果和差異，在和來自世界各地不同的人交流之後，就會漸漸顯現出來。經過這一陣子我留學的觀察，傳統臺灣學生較弱的能力，應該是想法上的創新力以及語言表達的能力。

放棄以考試為終點，才是學習的起點

若要改善這些問題，短程而言，我們應該減少對於正確答案的依賴，在每一道題目中不找唯一的正解，而是透過動動自己的大腦，想出自己的解方或試著勇敢的說出自己的意見，不要因為害怕其他人反駁自己的意見，就把想法藏在心裡。我相信只有經過討論以及與不同想法的人交流，思路及想法才會更進步，也能知道不同學習背景的人在同樣的問題上，還有其他意想不到的見解。

另外，在學習語言上，也不應該只注重文法運用的正確性以及聽讀，應該更積極運用在生活上。語言是人與人溝通的橋梁，如果能運用在交談上，多會一種語言就能與更多的人交流。如果學習一種語言，卻無法把它運用在生活上，既耗時又耗金錢，某一天也會漸漸忘了這個語言。許多臺灣人學習英語是為了因應國際化，但在背了很多單字、考了很多場多益的背後，遇到外國人卻沒辦法與他們進行日常的交談。不管學得好或不好，都應該積極開口說，因為只有經過不斷練習才有進步的空間。這幾點都是因為環境因素，而使臺灣的學生不能有效發揮在校所學的例子。

以長程來說，我們應該放棄以考試為目的的學習動機，以投資自己為目的，吸收更多知識，學習那些自身有興趣又對自己有幫助的，而不是讓身邊的人或是學業上的成績，決定自己未來將成為怎麼樣的人。我想，很多時候我們只有放棄和逃開考試的枷鎖，才能看到那些課堂外和考卷外的風景。自我，應該定義在個人價值而非考試成績上。

在臺灣這樣如此注重成績的教育制度下，有些人因此放棄了自己的夢想，有些人因而否定自己，卻忘了自己其實還有成績外那些超人的潛力。

臺灣的教育，的確培養我們這一代有判斷對與錯，或是找出最正確答案的能力，卻還是有很多需要改進的地方。當然也不是其他國家的教育制度就比較好，只是那些值得學習的優點應該被我們放大去仿效。

本文出自蘇蕎《換日線——讀者投書專欄》，二〇一七。

淇華老師的思辨訓練營

不要為「考試」讀書，為自己讀！

你是否只為了考試才讀書？你是否學了很久的英文卻不敢講？你是否不敢利用知識獨立思考？

如果以上的答案皆「是」，那你可能就中了「考試教育」的毒。

筆者和二位哥哥，國中時就讀私立學校。學校每天排滿許多考試，我們每天晚上只為隔天的考試讀書，效果不錯，我們都考上了第一志願的高中。

然而，這也是我們學習生涯失敗的開始。因為我們已經被「制約」為「考試機器」。公立高中的考試不多，所以我們也漸漸失去自主學習的習慣。結果不僅大學沒考好，大學畢業後，因缺乏考研究所或找到好工作的能力，只能夠領低薪。

直到面對家裡的負債，才一起下定決心「為自己讀」。甚至轉換跑道學習新的知識，才找到穩定的工作，也因為喜歡學習，成就自己的品牌，被世界看見。

學測後，許多申請上了大學的高中生，因為不再有考試的壓力，選擇不再碰書本，直到大學開學這半年，學習是一片空白，這對一個人或國家，都是嚴重的浪費。

記得前幾年波士頓姐妹校的學生來訪時，每天晚上都還在趕報告。我問他們：「你們不是都已經錄取大學了嗎？為何還要這麼認真？」

「這個報告是高中所學的成果展現，是自己真正的興趣，做出來是為了證明高中沒有白學。」他們回應我一個問題：「如果只為了上大學而學習，那一輩子應該學不了多少東西吧？」

前蘋果公司總裁賈伯斯在二〇〇五年對史丹佛大學畢業生演說時提到，自己被生母棄養，養父母僅供他念半年大學就沒錢了，他只好輟學，但他仍於課堂旁聽一些有興趣的課程，並且待了一年半後才真正退學，這些課程也給了他日後創業的養分。賈伯斯沒錢、沒文憑、沒學歷，但是他「當自己的教育部長」，努力尋求學習資源，替自己建置學習環境。賈伯斯說：「你必須相信每個『點』，將在你的未來以某種方式連接。」

一個人的成敗，不可能會被一次考試決定，決定一個人成王敗寇的關鍵，絕對是那個人是否可以像賈伯斯一樣，離開學校後，仍然「保持飢渴」、愛好學習。

延伸思辨練習

讀完本文，想邀請讀者一起做下列的思辨：

1. 你是否察覺，自己在升學考試中，被「制約」到除了為考科讀書外，漸漸失去課外閱讀的興趣或習慣？
2. 你是否願意為了解決心中的問題而主動學習？
3. 賈伯斯雖然被迫退學，無法讀學校的教科書，但他仍然「保持飢渴」、愛好學習。你覺得「讀書」與「學習」，有什麼不一樣？

美國「國父們」怪奇的思辨——漢彌爾頓，你為何不開槍？

文——蔡淇華

「波士頓大屠殺後，一心想推翻英國、搞獨立的約翰．亞當斯（John Adams），竟然擔任英軍辯護律師，還用力打贏了這場官司。美國人當時恨死了長相難看的約翰．亞當斯，為什麼還選他當第二任總統？」波士頓姐妹校來訪時，嫻熟歷史的Linda老師也飛來了，我覺得好興奮，趕快提出心中的疑問。

「他真的不受歡迎，」精通六國語言，學識廣博的Linda微笑說：「本來輪到他起草獨立宣言，但他自己說：『我是討人厭的傢伙，換別人吧！』最後才由湯瑪斯．傑弗遜（Thomas Jefferson）完成。矮胖的約翰．亞當斯，心胸寬大，總是將公益放在私利之前，竟然把起草獨立宣言的歷史戰功，拱手讓給他一生的政敵，那個有點亞斯的傑弗遜，而且之後還願意躲在幕後，與富蘭克林幫忙傑弗遜修改了四十多處宣言。所以雖然大家私底下不喜歡他，還是認同他是一個好人，十六州中，有九州把票投給他當總統。」

「這太不符合人性了，人不自私，天誅地滅，公益的思考怎麼可能壓過私利的考量？」我覺得匪夷所思：「對臺灣人而言，只要是政敵，捉住辮子，一定將對方打到趴為止。」

「其實在美國，這種『怪事』也發生過。你知道金恩博士吧？」

「當然知道，他是黑人人權領袖，他的演講稿『我有一個夢』，還被編進臺灣的英文課本。」

「美國當時的情報頭子胡佛恨他入骨，所以把監聽金恩博士與婚外女性偷情的錄音帶，寄給全美幾百家報社，但是沒有任何一家公布，即使是討厭金恩博士的報社也沒有。」

「哇！這怎麼可能？在臺灣只要有一家拿到，就是獨家，就有賺不完的錢，他們怎麼捨得不窮追猛打？」

「這就是你剛剛講的，他們考量到的，是即將成功的黑人人權運動，不能死在他們的私利追求上。」

我太感動了，想到先前讀過的美國另一位開國元勛，建立美國財稅系統，印在美金十元鈔票上的漢彌爾頓。「聽說漢彌爾頓在總統選舉時，因為認同傑弗遜，而不支持同黨的候選人伯爾，結果伯爾找他決鬥，漢彌爾頓因此中槍而亡。」

「是的，漢彌爾頓雖是創立聯邦黨的人，但在那一年，卻認為死對頭傑弗遜更有能力帶領美國。不支持同黨的結果，不僅搞得眾叛親離，還因此失去了性命，他才活了四十九歲。」

「唉，才活了四十九歲，我現在也是四十九歲耶，漢彌爾頓槍法差嗎？」

「不，漢彌爾頓非常喜歡戰鬥，獨立戰爭時，自組炮兵團；美法對戰時，是新軍的指揮官。他是嫻於槍法的戰將，只是他在決鬥前一晚，在日記寫道：『我知道我是不會開槍的……』」

「好笨！好笨！漢彌爾頓為何不開槍？對於自己恨的，或是恨自己的，抓到縫隙一定要開槍，還需要去考量這個人以前做過多少好事嗎？在臺灣，一個再好的人，只要做錯一件事，不僅媒體會開炮，全民也會一起亂槍掃射，打到他不能做事為止，搞得一國菁英人人中槍，全民嗨了，終於實現真正的『民主』。而你們美國人竟只想到公利，只想保護好人，這實在是太……太奇特了（其實我本來想講愚蠢的）。」

Linda只是優雅的微笑，沒有回答我，但我那一天，腦中一直盤旋著那個讓「國壓過黨」、「公壓過私」，結果「笨死」的美國人，我一直想問：「漢彌爾頓，你為何不開槍？」

一直到好多年後，看了獲得破紀錄的十六項東尼獎提名，最後得到最佳音樂劇的《漢彌爾頓：一部美國音樂劇》（Hamilton: An American Musical），我終於懂了。本劇的開場歌詞，唱出漢彌爾頓清寒的出身：

「一個私生子、孤兒、
妓女與蘇格蘭人的兒子，

降生於加勒比海被遺忘的一片荒蕪中，
是如何在如此潦倒困苦的環境中變成偉人與學者？
一個沒有父親的孩子，最後成為十元美金上的建國之父？」

在音樂劇中段，當了華盛頓四年幕僚的漢彌爾頓，不顧華盛頓的反對，投入了關鍵性戰役，帶著四百人悄悄摸向英軍據點，而且身先士卒，與敵人展開激烈的肉搏戰，最後成功搶下重要據點。華盛頓忍痛看著漢彌爾頓走向戰場，語重心長對漢彌爾頓唱出他的不捨：

「我年輕的時候像你一樣，夢想著榮耀，
但請記住，你無法控制誰生、誰死，誰來講述你的故事……」

伯爾在決鬥中殺了漢彌爾頓後，唱出一生的懊悔：

「當漢彌爾頓瞄準天空時，

他可能是第一個死的人，
但我卻是必須為此付出代價的人……」
在劇末，漢彌爾頓的妻子伊莉莎白．斯凱勒（Elizabeth Schuyler）唱出結語：
「我採訪每一個在你身邊戰鬥的士兵……
他們會講你的故事嗎？
喔，我等不及要再見到你，
只是時間長短的問題，
重要的是，他們會講你的故事嗎？」
是的，美國「國父們」與漢彌爾頓的另類思辨，或許會帶來凡人的不解，甚至會帶來死亡，但歷史會記得他們的偉大，繼續講述他們的故事！

淇華老師的思辨訓練營

知識分子，不可以私害公！

二〇二二年卡達世界盃足球賽，梅西帶領阿根廷奪得冠軍，使得全世界半數人幾乎都成了阿根廷的球迷。但是，你知道嗎？一九五〇年代，富裕程度與德國相當的阿根廷，因為政治的紛擾，從世界上最發達的國家，變為有史以來最大的債務違約國，經濟凋敝，民不聊生。

事實上，和阿根廷一樣，蘊含豐厚天然資源的委內瑞拉與馬來西亞，都因不健全的政治體制，一直無法走入先進國家之林。

今日美國之所以建國兩百餘年，仍在世界屹立不搖，都得歸功於美國「國父們」創立的健全體制。而其中施力最深、貢獻最大的人，當屬美國的第一任財政部長，也是美國憲法、財政的奠基者，亞歷山大．漢彌爾頓（Alexander Hamilton，一七五五～一八〇四）。

漢彌爾頓除了親身參加獨立戰爭之外，他率先倡議重組一個統一的新國家，更以一己之力，扭轉乾坤，說服紐約州加入聯邦政府。他還用五年的時間，設計了美國的金融制度和經濟體系，為美國打開了通往富裕的大門。

然而，要將對的政策強渡關山，漢彌爾頓就必須「橫眉冷對千夫指」、擇善固執、強勢直率。也因此，他樹立了不少政敵。

縱然樹敵無數、四面楚歌，漢彌爾頓始終將國家利益放在政黨利益之前。他的死亡也肇因於不支持同黨的伯爾，改支持他覺得更有能力帶領美國前進的傑弗遜。

熟讀美國歷史的人，都知道傑弗遜是漢彌爾頓最大的政敵。兩人分別是民主共和黨與聯邦黨兩黨的領導人，政見完全不合。但美國的國父們，卻有大是大非，總將公益放在私利之前。例如，傑弗遜雖然恨死了漢彌爾頓，仍然壓下那些攻擊漢彌爾頓的私人信件。華盛頓更是美國唯一一位無黨籍的總統，而且在全國支持他擔任第三任總統時，堅不接受，也創下美國總統任期不能超過兩屆的慣例。

小說家喬治・歐威爾在《一九八四》中寫道：「黨所操心的，不是維繫血統相傳，而是維繫黨本身的永存。」政黨最可怕的，就是將黨的利益放在國家利益之前。而且為了保障黨的利益，犧牲國家，編造謊言，騙取選票。「政治語言的目的，就是使謊言聽起來像真理，在沒有理解能力的人身上，黨把它的世界觀灌輸給他們。」

讀聖賢書，所學何事？本書將此篇放在最後，就是希望臺灣未來的領導人，懂得思辨是要「慎思、明辨」，以開放的胸襟，堅持大是大非，還要看透政黨的謊言，不要隨之起舞。如此，臺灣才有可能避免走向政治紛亂，最後步入歷史正確的道路。

延伸思辨練習

讀完本文，想邀請讀者一起做下列的思辨：

1. 你覺得臺灣的政黨，是否將黨的利益放在國家利益之前？
2. 你覺得臺灣選舉前的新聞，是客觀公正，還是為了保障政黨的利益，編造謊言，騙取人民的選票？
3. 師長常說政治不乾淨，不要投入政治。但哲學家柏拉圖說：「拒絕參與政治的人，會被更糟糕的人統治。」請問你覺得如何參與政治，是可以讓臺灣的未來，被更好的人統治？
4. 你願意提醒自己，未來擔任公職時，應以群體利益為最大考量，當一個有良心的知識分子嗎？

〔企劃緣起〕

成長與學習必備的元氣晨讀

■親子天下執行長 何琦瑜

源於日本的晨讀活動

一九八八年，大塚笑子是日本普通高職的體育老師。在她擔任導師時，看到一群在學習中遇到挫折、失去學習動機的高職生，每天在學校散漫恍神、勉強度日，快畢業時，才發現自己沒有一技之長。出外求職填履歷表，「興趣」和「專長」欄只能一片空白。許多焦慮的高三畢業生回頭向老師求助，大塚老師鼓勵他們，可以填寫「閱讀」和「運動」兩項興趣。因為有運動習慣的人，讓人覺得開朗、健康、有毅力；有閱讀習慣的人，就代表有終生學習的能力。

但學生們還是很困擾，因為他們根本沒有什麼值得記憶的美好閱讀經驗，深怕面試的老闆細問：那你喜歡讀什麼書啊？大塚老師於是決定，在高職班上推動晨讀。概念和做法都很簡單：每天早上十分鐘，持續一週不間斷，讓學生讀自己喜歡的書。一開始，為了吸引學生，她會找劇團朋友朗讀名家作品，每週一次介紹好的文學作家故事，引領學生逐漸進入閱讀的桃花源。

沒想到不間斷的晨讀發揮了神奇的效果：散漫喧鬧的學生安靜了下來，他們上課比以前更容易專心，考試的成績也大幅提升了。這樣的晨讀運動透過大塚老師的熱情，一傳十、十傳百，最後全日本有兩萬五千所學校全面推行。其後統計發現，日本中小學生平均閱讀的課外書本數逐年增加，各方一致歸功於大塚老師和「晨讀十分鐘」運動。

臺灣吹起晨讀風

二〇〇七年，《親子天下》出版了《晨讀10分鐘》一書，書中分享了韓國推動晨讀運動的高效果，以及七十八種晨讀推動策略。同一時間，天下雜誌國際閱讀論壇也邀請了大塚老師來臺灣演講、分享經驗，獲得極大的迴響。

受到晨讀運動感染的我，一廂情願的想到兒子的學校帶晨讀。選擇素材的過程中，卻發現適合十分鐘閱讀的文本並不好找。面對年紀越大的少年讀者，好文本的找尋越加困難。對於剛開始進入晨讀，沒有長篇閱讀習慣的學生，的確需要一些短篇的散文或故事，讓少年讀者每一天閱讀都有盡興的成就感。而且這些短篇文字絕不能像教科書般無聊，也不能總是停留在淺薄的報紙新聞，才能讓這些新手讀者像上癮般養成習慣。如果幸運的遇到熱愛閱讀的老師和家長，一些有足夠深度的文本還能引起師生、親子之間，餘韻猶存的討論。

我的晨讀媽媽計畫並沒有成功，但這樣的經驗激發出【晨讀10分鐘】系列的企畫。在當今升學壓力下，許多中學生每天早上到學校，迎接他的是考不完的測驗卷。我們希望用晨讀打破中學早晨窒悶的考試氛圍。每日定時定量的閱讀，不僅是要讓學習力加分，更重要的是讓心靈茁壯、成長。在學校，晨讀就像在吃「學習的早餐」，為一天的學習熱身醒腦；在家裡，不一定是早晨，任何時段，每天不間斷、固定的家庭閱讀時間，也會為全家累積生命中最豐美的回憶。

第一個專為晨讀活動設計的系列

帶著這樣的心願，二〇一〇年，我們開創了【晨讀10分鐘】系列，邀請知名的作家、選編人，如：張曼娟、廖玉蕙等，為少年兒童讀者編選類型多元、有益有趣的好文章，陸續推出：《成長故事集》、《親情故事集》和《幽默散文集》等十餘本好書，裡面的人物故事不止雋永易讀，他們的成長過程，亦十分適合作為少年讀者的學習典範。

二〇一九年，因應一〇八課綱上路，【晨讀10分鐘】關心的觸角亦從個人拓展至社會、國際，開始企劃與時下議題密切相關的主題，如：國際NGO工作者褚士瑩選編的《世界和你想的不一樣》、臺灣最大的科學社群PanSci泛科學選編的《科學和你想的不一樣》、帶領讀者思考全球永續發展議題的《未來世界我改變》、培養數位公民素養力的《未來媒體我看見》，以及引導青少年思考的《做自己，不一定要叛逆》、《思辨世代我啟動》等書，提供讀者不同領域、類型的文本，也為孩子儲備面對多元未來的能力。

同時，【晨讀10分鐘】也與閱讀素養先鋒推手黃國珍及其帶領的團隊品學堂合作，開始有系統的為本系列書籍量身設計《閱讀素養題本》，用意不在於測試孩子讀懂多少，而是要用系統化的方式，帶領孩子理解文本，並融合自身經驗深入探究，才能真正達到吸收內化的目的。

推動晨讀的願景

在日本掀起晨讀奇蹟的大塚老師，在臺灣演講時分享：「對我來說，不管學生在哪個人生階段……，我都希望他們可以透過閱讀，讓心靈得到成長，不管遇到什麼情況，都能勇往直前，這就是我的晨讀運動，我的最終理想。」

這也是【晨讀10分鐘】這個系列出版的最終心願。

晨讀10分鐘系列——048

[中學生]
晨讀10分鐘
思辨世代我啟動

選編人｜蔡淇華
作者｜蔡淇華、吳媛媛、范家銘、曾荃鈺、田孟心等

責任編輯｜江乃欣
封面及內頁版型設計｜Dinner illustration
電腦排版｜中原造像股份有限公司
行銷企劃｜林思妤

天下雜誌群創辦人｜殷允芃
董事長兼執行長｜何琦瑜
媒體暨產品事業群
總經理｜游玉雪
副總經理｜林彥傑
總編輯｜林欣靜
行銷總監｜林育菁
副總監｜李幼婷
版權主任｜何晨瑋、黃微真

出版者｜親子天下股份有限公司
地址｜臺北市104建國北路一段96號4樓
電話｜(02)2509-2800　傳真｜(02)2509-2462
網址｜www.parenting.com.tw
讀者服務專線｜(02)2662-0332　週一～週五：09:00~17:30
讀者服務傳真｜(02)2662-6048
客服信箱｜parenting@cw.com.tw
法律顧問｜台英國際商務法律事務所．羅明通律師
製版印刷｜中原造像股份有限公司
總經銷｜大和圖書有限公司　電話：(02)8990-2588

出版日期｜2023年6月第一版第一次印行
　　　　　2024年8月第一版第四次印行
定價｜399元
書號｜BKKCI031P
ISBN｜978-626-305-464-6

訂購服務——
親子天下 Shopping｜shopping.parenting.com.tw
海外．大量訂購｜parenting@cw.com.tw
書香花園｜台北市建國北路二段6巷11號　電話（02)2506-1635
劃撥帳號｜50331356

立即購買 >

有聲故事書

國家圖書館出版品預行編目資料

（中學生）晨讀10分鐘：思辨世代我啟動／蔡淇華，吳媛媛，范家銘，曾荃鈺，田孟心，陳鴻彬，李淑菁，林芳穎，Yen，陳紫吟，蔡立勳，張毓思，蘇薔作. -- 第一版. -- 臺北市：親子天下股份有限公司，2023.06
248面；14.8X21公分
ISBN 978-626-305-464-6（平裝）

863.55　　112004412